無職轉生
到了異世界
就拿出真本事
18
理不尽な孫の手
Rifujin na Magonote
U0075190
Kadokawa Fantastic Novels

魯迪烏斯
莉妮亞
普露塞娜
人物介紹

札諾巴
金潔
茱麗葉特

「各位來自世界各地。其中想必也有些人，曾度過完全無法想像的生活才是。」
「但是，這裡是魔法大學，各位將成為學校的學生。既然做出了選擇，就必須請各位作為魔法大學的學生，遵守這裡的規定。」

無職轉生 18

到了異世界就拿出真本事

Rifujin na Magonote
理不尽な孫の手
插畫：シロタカ

Kadokawa Fantastic Novels

無職轉生～到了異世界就拿出真本事～⑱

CONTENTS

「在這個世上，有些事能夠原諒，有些事則無法饒恕。」

It's decided whether a person or doesn't permit.

著：魯迪烏斯・格雷拉特

譯：金恩・RF・馬格特

日記

魯迪烏斯・格雷拉特

敬啟：保羅大人

時光飛逝，自從阿斯拉王國那起動亂之後，已經過了一年半。

我迎接了二十歲的生日，妹妹們再過不久也要十四歲了。

我目前一邊執行奧爾斯帝德吩咐的工作，同時持續地進行鍛鍊。

儘管奧爾斯帝德是無所不知，但以教師來說似乎不怎麼優秀。我想他應該是不太擅長教人吧。再加上他不願意耗費魔力，所以不會親自示範。雖說會教導我如何詠唱或是訣竅之類，但或許是因為他本身就是天才，有許多原理也沒有理解得十分透徹。

只不過，我作為一名學生應該也稱不上優秀。因為我沒有能夠舉一反三、聞一知十的聰明才智。雖說歸功於生前的知識，對事情的理解速度很快，然而一旦學習的級別來到聖級或王級這種境界，即使應用生前的知識，仍舊連理解都成問題。

舉例來說，火聖級的魔術「閃光炎（Flash Over）」，是一種能在瞬間將火焰以極大範圍擴散出來的魔術。簡而言之，就是利用光線來產生熱能的招式，雖然我是覺得那就類似……貝基〇瑪，但實際上似乎不同。我姑且以自己的方式調整了一下，現在總算能使出類似的魔術，但奧爾斯帝德卻對此搖了搖頭。（註：《勇者鬥惡龍》系列中出現的閃熱系咒文）

奧爾斯帝德不僅教我魔術，也傳授了許多知識。

是有關各個流派或是與魔術師戰鬥的相關知識。由於劍神流經常會做出這種動作，首先要注意這招，之後再這麼做；由於擅長火系統的魔術師，多半會使用這樣的連擊或是混合魔術，因此要以這個魔術化解。一旦劍士與魔術師同時在場，經常會使出這種協力攻擊，到時候要這樣對應。說穿了，就是和與人類戰鬥時的相關知識。

由於我不僅攻擊力高，能使用的魔術種類相當豐富，甚至還擁有預知眼，所以要一邊擾亂對方同時展開追擊，限制對方能做的選擇，進而打出必殺的一擊……奧爾斯帝德說我適合這種類型。

雖說和至今差異不大，但想必有意識地去做和下意識的行動，結果會有很大的不同。

我會透過和艾莉絲進行模擬訓練，有時則轉授給希露菲、諾倫以及愛夏，將這些知識深植心中。

或許是因為反覆進行這樣的練習，我的火和風攻擊魔術已學到聖級。治癒魔術、解毒魔術學到聖級，神級魔術則是學到了中級水準。

以一年的成果來說，算是大有斬獲。

不過，我還不太會畫魔法陣，也尚未涉獵召喚魔術，因此今後還有許多課題。

但畢竟身邊有許多能運用的資源，我今後也不打算鬆懈，要繼續努力下去。

總而言之，我也稍微變強了一點吧。

或許是因為訓練有成，奧爾斯帝德指派的工作方面相當順利。

話雖如此，在阿斯拉王國那起事件之後，並沒處理什麼重大工作。

頂多是前往某處的迷宮拯救走失的冒險者，或是前往某處的森林，拯救差點被魔物生吞下肚的商人，再不然就是前往某處的商會，幫淪為奴隸的少年贖身，再轉賣到某處之類。

總之，與其說是雜事，幾乎都是助人為主的工作，所以我也做得很起勁。

基本上，這些受到幫助的對象，將來似乎都會為奧爾斯帝德做出貢獻。

比方說，前幾天救的那位名叫塔藺·琪的小人族女盜賊。雖說她本身不會有什麼作為，但據說她的兒子將來會成為刺客公會的首領。而且會去暗殺某個人物，而那個遭到殺害的人物，對奧爾斯帝德而言是不利的存在。

當然，在將來會妨礙奧爾斯帝德的人物，由他自己親手殺死也無妨。

但是，如果能在事前就做好對策，奧爾斯帝德就能趁那段時間處理其他事，也能溫存魔力。也就是透過改變過去，省去了未來的麻煩。

在未來展開「決戰」的時候，據說關鍵在於奧爾斯帝德能以多萬全的狀態去迎接這場戰鬥。奧爾斯帝德透過漫長的輪迴，明白「一旦某個英年早逝的人物活下來的話會做些什麼」。換句話說，創造出將來「會引發對自己有利事件的人物」，便能在每個時代行動得更有效率。

這和調整隨機亂數或是建立分歧條件的作業十分相像呢。

雖然在做的事情算是一種交朋友的方式。

如此這般，奧爾斯帝德基本上不會出手幫忙。他會在和我不同的地方同時進行其他事。就是只有他才能建立的，重要的分歧條件。

來自人神的妨礙並不多。起碼在我單獨行動時從來沒有。

但是奧爾斯帝德那邊會受到妨礙，從這點來看，他在執行的任務對人神而言算是致命性的事件。

實際上，我也有幾次和奧爾斯帝德共同行動，在那個時候就會出現一名或是兩名人神的使徒。但令人百思不解的是，對方從來不會三人同時出現，所以或許有一個人正在私底下個別行動。

目前我們沒有確認的方法，導致不安感與日俱增。

老是做這種事沒問題嗎？是不是該進一步對人神發動攻勢？我試著這樣詢問，但奧爾斯帝德卻輕輕搖頭並說道：

「根據日記來看，要再過很久，才會到人神打算改變的未來。」

他的意思是要在那之前做好準備。

人神打算改變的未來……依照我的猜測，如果下次要演變成全面對決，可能會與克里夫有關。畢竟照日記上寫的，是我害死了克里夫嘛。雖然還無法斷定，但人神或許也干預了這件事的發生。

奧爾斯帝德對重要的事情總是不願多談。

不管怎麼樣，我就像這樣工作一個月，回到事務所向社長報告，趁兩～三天的期間回家裡或是去朋友那露個臉，將五～十天的短暫休假用在訓練，之後再繼續上班。

我目前就重複過著這樣的生活。

對了對了，說到工作。

我從以前就開始思考過和工作有關的設備，有一部分也已經請奧爾斯帝德設置好了。

首先呢，是事務所。

我們雖然把位於魔法都市夏利亞郊外的小屋……也就是製作魔導鎧（Magic armor）的地方作為事務所使用，但今後要當成根據地來使用的話會有些不方便，因此進行了改建。雖說是一層樓高的平房，但加蓋了休息室、會議室以及資料室，要過夜還是召開作戰會議在某種程度上都變得更加方便。

再來是保留會議和行動的資料……關於這點雖然有些不安，但也無可奈何，畢竟像是某個人做了什麼，讓誰活下來會對未來造成何種影響什麼的這類資訊實在過於龐大，我根本記不起來。

我們在稍遠的地方也蓋了間武器庫。

這是用來存放魔導鎧或是其他我有辦法使用的魔道具、魔力附加品的場所。

雖說姑且是成功將魔導鎧小型化……但關於這部分的詳情就容我省略吧。

目前在武器庫大量存放著能在工作時派上用場的魔道具與魔力附加品。

要是東西被偷走的話，想必夠那個人逍遙一輩子呢。雖說那些東西姑且只有我能使用，而且門也用土魔術封起來了，但還是很怕被偷走。對奧爾斯帝德而言或許都是些不需要的東西，但還是必須好好管理公司的所有物品才行。

像這種時候，果然還是需要有個管理員存在呢。

不光是這樣。

事務所的主要空間在地下室。是我用土魔術製作而成，堪稱迷宮的巨大地下室。地下共分成二十間房間，每個房間裡面都設置了轉移魔法陣。

只要跳進魔法陣就能夠轉移到世界各國的主要場所……計劃上是這樣。

目前轉移魔法陣只設置了五座。分別是阿斯拉王國、米里斯神聖國、大森林、王龍王國以及魔大陸南部。就這幾個。

之所以會只有五處，是因為要啟動魔法陣的話，也得在當地設置轉移魔法陣。

然後，奧爾斯帝德不常去杳無人煙的地方。而人潮聚集的場所又不好設置轉移魔法陣。如此這般，所以目前為數不多。

當然，預定會在今後陸續增加。

好啦，保羅大人。有關我工作上的事，想必是無聊到讓您不想聽了吧。

接下來就是要講您引頸期盼的，有關小孩，您的孫子們的事情。

首先，是我的長女。露西．格雷拉特。

露西的成長過程十分順遂。日前才剛迎來三歲生日的她已經很會走路，開始會在家裡到處亂跑。

不僅學會了許多詞彙，也因為受到艾莉絲的影響，講起話來很大聲，讓家裡變得很熱鬧。

另外，最近希露菲好像在教她人類語和魔術。這算是從三歲就開始實施英才教育嗎？希露菲難道會變成一個教育媽媽嗎……要是她戴上三角形眼鏡什麼的，想必和我的深夜補習也會變得更加激烈吧。（註：

教育媽媽是指日本現代社會的一種母親形象，會逼迫孩子以念書為主）

總之，希露菲的事情先放到一邊，繼續講露西吧。

果然是因為和我比較少接觸的關係吧，當我回家的時候她有時還會突然愣住，擺出一臉「這傢伙是誰呀」的表情。實在很令人傷心呢。不過當希露菲說「他是爸爸喔，快打招呼」，她就會對我說「歡迎回家，爸爸。」

雖然那模樣可愛到讓人想一口吃掉，但隨後會馬上擺出「爸爸是什麼？」的表情，便躲到希露菲的身後。

我好傷心。

照這樣下去的話，她將來肯定不會把我視為父親好好尊敬吧。

雖說是自己選擇的道路，還是會感到悲傷呢。

我曾經有一次把那樣的露西帶去見奧爾斯帝德。會帶她過去是為了確認奧爾斯帝德的詛咒對露西究竟有沒有效，人神所說的話是不是真的。

直接說結論吧，露西不受詛咒影響。

第一次見到奧爾斯帝德的露西，眼睛還閃閃發亮。她把手伸向奧爾斯帝德那頭銀髮，「爸～爸！爸～爸！」地叫著。那態度就像是在表示「你才是我的父親嗎！」。

我那時甚至在想要不要當場殺了奧爾斯帝德。

這是謊話，對不起。其實我並沒有抱著這麼強烈的殺意。只是果然有點讓人不是滋味呢，嗯。

對於平常已經看習慣希露菲那頭白髮的露西而言，擁有相近髮色的奧爾斯帝德或許看起來就像是個親人。我姑且把奧爾斯帝德的名字告訴她後，露西就喊著「奧斯帝～奧斯帝！」記住名字了。發音十分自然。

雖然我的表情很不是滋味，但奧爾斯帝德只是隨便瞥了我一眼，就讓露西坐在自己的肩上。

露西像是要把奧爾斯帝德的頭髮扯斷一樣用力拉住他。

所以我叮嚀露西「不可以拉人家頭髮喔」，沒想到奧爾斯帝德竟然回了很有意思的回答，他說：「沒問題，這點程度對我的龍聖鬥氣來說根本不足為懼。」

看樣子我女兒對他那麼親近，似乎也讓他樂在其中。想來也是當然，畢竟露西就是這麼可愛。

不過，這樣一來人神說的話的可信度便增加了。就是那個，我的子孫會和奧爾斯帝德一起行動，打倒人神。

我也跟奧爾斯帝德再次提及這件事——

「不要相信人神說的話。」

但他卻以恐怖的表情瞪著我這麼說。

當然，我並沒有打算把他說的話照單全收。

然而，我覺得他說的也不見得全是謊言。或許這是我一廂情願的想法吧。

我最近也慢慢地能判斷出奧爾斯帝德的心情是好是壞，而在跟露西嬉戲時的奧爾斯帝德，心情亂不錯一把的。

果然肯親近自己的對象就是如此惹人憐愛。

再加上他在類似的輪迴之中遇到了全新的要素，果然也挺開心的吧。考量到他至今為止的輪迴次數，便不難想像他的心情。我也想以部下的身分，為奧爾斯帝德帶來有趣的每一天。

啊，岔題了呢。

剛才提到的「孩子們」就如字面上一樣，洛琪希也生小孩了。

那是個大雪紛飛的日子。

在事務所還沒有完工的那陣子，奧爾斯帝德總是會親自出來迎接順利完成任務歸來的我。社長親自迎接員工，在我們這並不算特別稀奇。

畢竟當時的小屋只有一間房間，而我的任務也是向奧爾斯帝德回報之後才算完成。

所以奧爾斯帝德在完成自己的工作之後，直到下一次工作為止的這段期間，多半都會待在這裡等我。

我那天也打算一如往常地向他回報結果時，他開口如此說道：

「應該差不多了吧？」

他劈頭就問了這句。

那麼，至於是指什麼差不多了，這種問題根本無須思考。畢竟我自己在工作時也為此感到相當心煩意亂。只不過，我沒想到奧爾斯帝德竟然會主動問我……

不過，我也是人。

「之後再報告就行了。」

聽到奧爾斯帝德這樣說，我立刻接受他的好意離開事務所，猶如鏟雪車一般撥開積雪返回自宅。

回去後我才發現洛琪希已到了預產期，隨時都有可能生產。

要是再晚個兩天回來的話，肯定就無法在她生產時陪在旁邊了吧。

「啊，魯迪……不要緊吧？我真的能生下來嗎？」

當我到家時，洛琪希已經驚慌失措得不忍卒睹。

她鐵青著一張臉一而再再而三地問說「沒問題嗎？說不定沒辦法」，並緊緊握住我的手不放。塞妮絲母親在生我的時候，是否也是這種感覺呢？當時在我心裡頂多只覺得「洛琪希真是愛操心」。

——但是，洛琪希的不安卻應驗了。

臨盆時遇上了難產。

據說是因為胎兒的肩膀卡住了。也就是所謂的肩難產。

原因為何並不清楚。可能是洛琪希的身體比較嬌小吧。

以米格路德族來說是很適合生產的年齡，但混血的小孩身體會比較大，以尺寸比例來考量的話，要說是幼年生子也不為過。

原因很有可能出在我這個人族播的種。

所以洛琪希母子兩人同時陷入了危險狀態……這種情況並沒有發生。

現場有對接生可說是駕輕就熟的莉莉雅，以及天才愛夏。

再加上我不畏風雪從診所帶來的醫生和助產士，隊伍陣容堪稱無懈可擊。

愛夏也在露西出生時有過幫忙接生的經驗，表現得非常冷靜。
所以當天的各種狀況都是應對得宜，沒有任何一個人發生任何一次失誤。
就這樣，洛琪希生下了小孩。沒有進行剖腹，母親與孩子也沒有任何一人死亡，平安地產下了寶寶。
出生的是個女孩子。和露西相比，應該稍微大了一號。
雖說算不上肥胖，但是臉看起來有些圓潤。
到底是像誰啊……
「眼睛看起來像洛琪希，嘴巴像魯迪呢。」
希露菲如是說。那張圓潤的臉似乎是混合了我和洛琪希特徵的產物。
也對，畢竟是我和洛琪希的孩子，不是這樣的話可傷腦筋了。
「如果是女孩子的話就取名叫……菈菈對吧？」
於是她被取名為菈菈。
菈菈．格雷拉特。
我們在菈菈出生之後稍稍經過一段時間，才發現她的髮色和洛琪希相同。是漂亮的藍色秀髮。可說是象徵米格路德族的顏色呢。
但看到之後，洛琪希和希露菲的神情卻是一臉複雜。我起初並不清楚她們倆為什麼要露出那種表情。
因為洛琪希的髮色很漂亮，菈菈是個女孩子。我堅信她肯定會成長為一個可愛的女孩。
但是，希露菲向我說明了原因。因為有人會因為只是髮色不同，便遭到霸凌。

在這個魔法都市裡，除了人族以外還居住著許多種族。

話雖如此，最多的終究還是人族。然後要是和人族的外觀截然不同，也有可能因此遭到霸凌。

遺傳自母親的髮色，對菈菈而言會不會是個災難？會因此而受到欺負嗎？目前還不得而知。只不過對我來說，還是希望能全家人一起做她堅強的後盾。

雖說是題外話，不過艾莉娜麗潔也和洛琪希在同一時期生下了小孩。

畢竟她感覺已經熟能生巧，三兩下就順利生出來了。

我聽克里夫說「差不多快生了」之後，下次再見面時，艾莉娜麗潔已經恢復原本苗條的身材抱著小孩。她在生產這方面想來也算是個斫輪老手。

畢竟已經有了兩位數以上的經驗了嘛。

總之，格利摩爾家的第一個小孩，是個男孩子。

艾莉娜麗潔邊看著被取名為克萊夫的小孩，同時非常高興地說「我生下繼承人了喔！」。

說到繼承人。

其實我並不認為繼承人非得是個男生。不管是露西也好菈菈也好，如果她們想繼承我的衣缽繼續幫助奧爾斯帝德，我也不打算阻止。

畢竟詛咒似乎對她們沒效。

不過，有個人卻因為艾莉娜麗潔這番話而受到刺激。

就是艾莉絲。

她在此之前都跟著我一起執行工作。感覺起來就像是奧爾斯帝德有限公司的派遣員工。她陪在我身邊，作為我的前衛、我的劍，將阻擋在眼前的敵人一個一個打得落花流水。

然而，她聽到艾莉娜麗潔這番話，就像是在表示「下次就輪到我了！」一樣，連在工作中也毫不忌諱地對我予取予求。從我被她推倒的次數來看，與其說懷孕了也不奇怪，不如說沒懷孕才奇怪。每次辦事我都像是個被蹂躪的少女……呃，這部分還是跳過吧。

總而言之，或許是運氣不好，她始終沒辦法順利懷孕。

這種狀況似乎連艾莉絲也感到不安。

回家之後，我每天晚上都會看到她去找希露菲商量。

據說是不想被我知道她因為這件事在煩惱，所以隱瞞了詳細內容，但我曾聽到「是不是該做更多次才好……」這種駭人聽聞的言論。

要是再做更多次的話，我恐怕真的要精盡人亡了。

話雖如此，排解妻子的不安也是身為丈夫的職責。

想到這點，我也試著努力了一下。

運用我腦袋的所有知識，從荻〇式計算法開始，到注意飲食習慣，或是減少訓練量等等……嘗試了各式各樣的努力。儘管我表面上說是為了弭平她的不安……但要說不感到興奮也是騙人的。（註：荻野式是藉由排卵期計算何時容易受孕，治療不孕的一種方法）

我聽說塞妮絲母親有段時期也曾經因為不孕而煩惱。想必爸爸當初為了排解她的不安也曾像這樣賣力過吧。畢竟當時幾乎是每晚都在拚嘛。因此而生下來的諾倫現在也很有精神地在上學。

……先不提諾倫了。

或許是因為努力有成，艾莉絲也成功懷孕了。這是在控制訓練量的隔月發生的事情。

看來原因是出於她每天的激烈訓練，畢竟她總是又飛又跳又打又踹的。

小孩子是很堅強的生物，就算每天那麼激烈運動，該有的時候自然會有，但艾莉絲訓練的頻度和激烈程度都是常人的兩倍。就算剛受精的卵子因為沒有抓緊而滑落也不是什麼奇怪的事。

如此這般，艾莉絲不再做派遣的工作。

雖說無法和我一起去工作，但她似乎很滿足。

艾莉絲總是撫摸著微微隆起的小腹，呵呵地笑著。對於從小就認識她的我來說，這畫面實在是令人感慨萬千。想不到那個艾莉絲竟然變得這麼出色……

不在人世的菲利普和紹羅斯要是泉下有知，想必也會喜極而泣吧。

順帶一提，發現她懷孕的時間點大約是在距今一個月之前吧。

現在是懷胎四個月。

可能是與害喜的影響有關，艾莉絲最近也變得比較老實。等完成下次工作回來，也已經懷孕五個月了吧。

我有點擔心她會不會在進入安定期後又開始劇烈運動。

另外，我也寄信通知了從艾莉絲還小的時候就認識她的基列奴。

想必她現在也很忙吧。畢竟長期以來臥病在床的阿斯拉國王駕崩了。再過不久，愛麗兒就要登上王位。

我聽說第一王子格拉維爾正在展開最後的抵抗，但勝算似乎微乎其微。

畢竟愛麗兒沒有任何輸的要素。

不過，戰亂似乎還會再持續個兩到三年，正因為如此，擔任愛麗兒護衛的基列奴想必會忙得不可開交。

我打算等小孩出生之後，要是有機會去阿斯拉王國那一帶再去拜訪她。

順便提一下艾莉絲，她對小孩的名字似乎只想過男孩子要叫什麼。所以我決定自己先偷偷想好女孩的名字。畢竟不管是男孩還是女孩，只要能生下健康的寶寶，對我來說就已心滿意足。

妻子和小孩的部分，大概是這種感覺。

工作、訓練以及家庭……就算扣除不太常顧到小孩的這部分，也可以說我正過著充實的每一天。

最後。

是關於塞妮絲母親的記憶。至今依舊沒有恢復的跡象，感情之類也以某個時期為界停止了變化，幾乎也不太會說話。

雖說我也向奧爾斯帝德詢問過各種線索，但他似乎對治療方法沒有頭緒。

既然連他也不知道的話，果然只能視為沒有方法可治吧……

不過，奧爾斯帝德也說過，他在輪迴中是第一次看到塞妮絲變成廢人，說不定只是他不知道，但確實存在著能夠用來治療的魔力附加品。

我不打算放棄，會繼續找下去。不管怎麼說，我想也只能按部就班去做了。

父親。

過去，你曾在米里斯神聖國斥責過我。

你說我把母親晾在一旁，只擔心自己的女人。

儘管我沒有這個打算，但目前我的確沒有把母親的事擺在優先考量，希望你能原諒。

今後，我也打算只要能做得到的事情，我就去做。

謹上

啪的一聲，我闔上了日記。

不打算寄給任何人，類似書信那樣的日記。不過，像這樣把事情寫上去後，有時會在自己的內心萌發新的覺悟，而這份覺悟會轉變為強烈的動機，牽動著我的身體。

「好，走吧。」

我今天也充滿幹勁地站起身子。目的地是魔法陣。

今天也要開始幹活了。

第十八章 青年期 部下篇

第一話「工作的其中一例」

安潔莉可．卡蓮特堤爾。通稱安潔。

她出生於王龍王國以西，位在靠近密林地帶的一座小村落。

由於父母身為藥劑師，安潔從小接受了有關藥劑師的教育。雖然在她即將成年之前，父母就遭到魔物襲擊而亡，不過這種事在這座村子並不算罕見。她像一般人一樣感到悲傷，並在村民的協助下完成葬禮，就這樣繼承了父母的家以及職業。

安潔有一名能稱為摯友的人物。

法姆．海音朵拉。

她出生在安潔家附近的獵人家裡，經歷也和安潔一樣，在成年之前母親就罹患重病而死，父親則是慘遭魔物殺害……說得更準確一點，在安潔父母前往森林採集藥材時，就是由法姆的父親擔任護衛。換句話說，他並沒有盡到保護安潔父母的責任。

由於這件事，法姆總是對安潔感到內疚，而安潔也曾有一段時期憎恨著法姆。

但是在經過幾次衝突之後，兩人達成和解。如今已經是村內無人不知無人不曉的好拍檔。

而那樣的兩人，今年也二十歲了。

「唉～哪裡有好男人呢……」

這樣嘀咕的是法姆。她身上穿著經過鞣製的毛皮背心，以及合身的皮革緊身褲。腳上穿著以厚重的毛皮製成的馬靴，腰間佩戴著山刀，肩上則揹著箭袋以及長弓。穿著打扮類似山賊，全身上下也沾滿髒汙，但依舊能稱得上是長相端正的美女。

「至少不會在這種地方吧。」

回答的人是安潔。儘管她身為一名藥劑師，果然也是穿著方便行動的褲子以及加工過的皮革上衣。

腰間除了小刀之外，還繫著一把斧頭。至於這兩個人之間的差別，頂多是安潔身上還揹著巨大的竹簍吧。竹簍裡裝了大約半滿的藥草和樹果。

她們兩個人位在森林裡。

身為藥劑師的安潔正為了製作藥品收集素材。

「果然還是有錢人比較好呢。最好要長得帥，可是又不諳世事，也不習慣應付女人。要是跟他握一下手，就會滿臉通紅的那種。」

「我只要普通的就行了。就算沒什麼錢也不要緊，只要是個溫柔的普通人就好。」

「安潔真是沒夢想！」

「法姆才應該要認清現實啦。」

她們兩個人所住的村裡，年輕男性可說是寥寥無幾。

當然，說有的話還是有，但幾乎都是已婚人士。

儘管村裡的米里斯教徒並不多，但根據村裡的規定，除了村長以外的人禁止娶兩名以上的妻子。而現在的村長雖然已年近半百，但也娶了五名妻子。

想來他也不會再迎娶新的妻子了吧。

「就算妳要我認清現實，但是感覺有機會結婚的，根本只剩小杜了嘛。」

村長的兒子杜契爾和她們倆同齡，都是二十歲。不過，他早已和指腹為婚的對象結婚，也已經生下長子繼承衣缽。

村裡正在謠傳，他也是時候成為村長了。

這樣一來他便能夠娶第二名妻子。根據村子的習俗，當某人被任命為村長時，得同時迎娶第二名妻子。因此現在村裡到處都在談論誰會是第二個人。

畢竟和已婚男性相較之下，未婚女性更多。

「哎呀，小杜不會選我當老婆吧。」

「畢竟法姆從以前就很愛欺負小杜嘛。」

「不對，他搞不好會為了報復以前的事情指名我喔。說要趁晚上欺負回去之類的！」

「才不會啦，小杜到現在都還很怕法姆喔。」

年齡相仿的她們從小就經常玩在一塊兒。

歲數差不多的小孩有七個人，而法姆是這群人的孩子王。當時，杜契爾經常被法姆弄哭。

安潔也是其中一人，她曾經隱隱認為自己將來會和裡面的某人結為連理，然而事實卻並非如此。裡面有三個人離開了村子，只留下了杜契爾和另外三名女性。

由於杜契爾和三名女性的其中一人已訂下婚約，自然順理成章地結了婚。

到了最後，只剩下安潔和法姆。

「不過，安潔有機會喔。畢竟妳很可愛。」

「咦？才沒有啦。因為我們村子不是只剩下我一個藥劑師嗎？要是結婚的話就沒辦法繼續做下去。大家會很困擾的。」

「對喔……不對，可是啊，搞不好他會為了答謝這次的事而娶妳呢。」

「啊哈哈，要是能那樣就好了。」

安潔笑著回答。

但是，她的內心卻在思考完全不同的事。

（結婚啊……結果，我的白馬王子還是沒來……）

儘管安潔對摯友說要認清現實，但是，她從小就憧憬著吟遊詩人傳述的某個故事。

那是有著一頭藍色秀髮的小小冒險者的故事。她獨自一個人旅行，從米里斯大陸橫跨到中央大陸，轉眼間便升上了A級的冒險者。

當初聽到這個故事時，安潔的內心雀躍不已。

但是，那個時候的她認為這終究只是遙遠世界的故事，選擇果斷放棄。

她之所以沒有徹底放棄，是因為在十年前發生了一件事。

起因是在某一天，有名冒險者突然出現在這個村子。那名冒險者說自己穿越了密林地帶，在打算移動到西部港的途中，順道造訪了安潔等人的村子。

是個有著一頭藍髮的嬌小冒險者。

猶如魔女般的帽子、白色長袍，再加上細長魔杖以及四角包包。她的外貌和吟遊詩人所說的如出一轍。那正是遙遠世界的故事，轉變為現實的瞬間。

只寄宿在村裡一晚的她，向當時年僅十歲的安潔等人述說了自己旅途的故事。

由應該是虛構情節的人物親口說出的，真實的故事。

儘管讓法姆等人眼睛一亮的是和迷宮頭目戰鬥的故事，但是冒險者遊歷迷宮的目的是「為了找到好男人而進入迷宮」這個部分，反而更讓安潔雀躍不已。雖然那名冒險者最後沒有達成她的目的就攻略了迷宮，但當時的記憶卻對之後的安潔造成了重大的影響。

從聽完這段故事的那一天開始，安潔的心中便對冒險者的故事抱著明確的憧憬。

這份憧憬，時而將安潔拉入妄想的海洋之中。

當自己遭到魔物襲擊陷入險境，此時會有名瀟灑地前來拯救我的白馬王子！然後為了答謝，會將自己的身體獻給對方什麼的……

（呀——！）

當她感到害羞時，想像也到此結束。

憧憬歸憧憬，妄想歸妄想。像這麼剛好的事情是不會發生的，安潔對這點也心知肚明。

雖然在聊到結婚話題時會進入妄想，但終究是白日夢。僅僅是憧憬而已。

現在的安潔，確實地認清了這個現實。

自從雙親在五年前過世，自己變得孤身一人之後，不管願不願意都必須接受這個現實。

「安潔，小心點，從這裡開始就是那傢伙的地盤了。」

「嗯，我知道。」

當兩人來到森林深處的某個洞窟附近，安潔停下腳步並放下竹簍。

這次，她們倆是為了尋找某種藥的材料而來。是能夠醫治被稱為伊卜利病，在這一帶傳播的疾病的特效藥材料。

「我們必須救小杜才行呢。」

「嗯。」

現在，村長的兒子杜契爾正罹患這種伊卜利病。

所謂的伊卜利病，是一旦發病便會發高燒，全身起疹子，要是不在十天內服用藥物就會致死的疾病。

不過基本上這種病有特效藥，能用中級的解毒魔術治療，也不會人傳人。

因此，在都市地區並不被視為危險疾病。

但是，在安潔他們的村子卻被視為致死率極高的疾病，使得人心惶惶。

這是因為從這裡到中級的解毒魔術師所在的地方，不管再怎麼努力趕路，往返也需要花上十天時間。

如今她們的兒時玩伴，下任村長杜契爾罹患了這種疾病。

真要說起來，安潔與法姆的父母，也是因為這種疾病而命喪黃泉。

因為法姆的母親罹患了伊卜利病，安潔的父母與法姆的父親是為了幫她治療，才進入森林尋找藥材……結果死於非命。

這對她們兩人而言是因緣匪淺的疾病。

而這種病正對自己的兒時玩伴伸出毒牙。她們兩人當然沒理由不去採特效藥的材料。

「……」

藥材是生長在前方山腳下的印托花。因為只需要一人份，不需要那麼多的量。

只要摘下五六枚花瓣，應該就足以完成拯救一個人的藥量。

兩人慎重地移動步伐。

「……（吞口水）」

她們兩人邊嚥下口水邊前進，此時視野突然開闊起來。

森林裡突然敞開，出現了猶如廣場般的空間。在她們眼前，是開滿整片廣場的藍色花朵。

這裡正是印托花的叢生處。

「…………（吞口水）」

即使看到如此美麗的光景，兩個人的表情依舊沒有鬆懈。

安潔把顫抖的手伸向印托花，摘下了花瓣。

下一瞬間——

「咕喔喔喔啊啊啊啊啊啊啊！」

宛如雷鳴一般的吼叫響徹四方。

「安潔，快逃！」

法姆大叫，但是安潔的腳卻已經因為這聲咆哮而發軟。

「安潔！快啊！」

法姆再次大喊，同時重新舉好長弓，從箭袋抽出一支箭，拉滿弦。

「唔！」

那傢伙從廣場深處的山崖上出現了。

有著紫紅色皮膚，全長搞不好超過十公尺的巨大蜥蜴。

牠即是森林之主——伊卜利巨蜥（Ivry Lizard）。

身為無翼爬蟲類的那隻魔物，和棲息在貝卡利特大陸的巨大蜥蜴十分相像。

至於這種蜥蜴為何被稱為「伊卜利」巨蜥呢？是因為在這種蜥蜴出沒的地區附近，肯定會有伊卜利病蔓延。而且，牠絕對會在能拿來製作特效藥的印托花附近鞏固地盤。

某位學者提出了一種假說，這種伊卜利巨蜥，正是造成伊卜利病擴散的原因。只要散播伊卜利病，牠便能捕食為了治病而來摘花的對象。

無法判斷假說的真實性。

但村子已整整五年都為了伊卜利病以及這隻伊卜利巨蜥所苦。

不管是安潔的父母，還是法姆的父親，都是被這傢伙所殺。

「啊啊啊啊啊啊！」

法姆像是要激勵自己似的大喝，射出了箭矢。

這支箭筆直地射向伊卜利巨蜥，伴隨輕脆的響聲刺進鱗片。

霎時間，伊卜利巨蜥也有所動作。牠以會讓人以為是壁虎的驚人速度衝下山崖。

看來法姆的箭對牠似乎不痛不癢。

「安潔！我求求妳快站起來！快逃！」

聽到法姆的聲音，安潔總算站了起來。

得快逃，不快點逃的話！這股焦躁使得安潔的腳無法順利動作。

儘管步履蹣跚，她總算是跑了起來。法姆見狀，也開始逃走。

但是，已經太遲了。

「咕喔啊啊啊啊啊啊！」

以驚人的速度拉近距離的伊卜利巨蜥追上了法姆，用牠尖銳又雜亂的牙齒咬住了她的腳。

「呀啊啊啊啊啊！」

法姆就像玩偶一樣被咬了起來，發出絲毫不像少女的慘叫，同時遭到來回甩動，然後摔落在印托花的花田當中。

安潔看到了這一幕。和被甩到半空中的法姆四目相接。看到了一臉絕望的法姆。然後，猶豫了。

她認為必須回去救自己的好友。

當她回過神來，伊卜利巨蜥已經站在自己眼前。

「啊……」

會死。

安潔領悟到這點。

當自己陷入危機之時會有人出手相救。她也曾經如此忘想過。然而妄想終究只是妄想。一旦實際面臨緊要關頭，根本不會有時間讓人出手幫忙。死亡僅在轉瞬之間。這就是現實。

所以，接下來的這一切肯定是夢吧。

伊卜利巨蜥被轟飛到旁邊。

「咦？」

安潔無法理解眼前看到的景象。

畢竟打算要殺死自己的對象，看起來難以撼動的對象，那巨大的身軀突然在半空打轉，朝向不可能的方向飛了出去。

「咕嚕嚕……」

雖然伊卜利巨蜥嘴裡不停流著鮮血，但依舊抬起頭，朝自己被打飛的反方向望去。

安潔也望向同一個方向。

在那裡有一名男子。他身上的鼠灰色長袍隨風擺動，在飄揚的長袍之中，隱約可見身上穿的黑色甲冑。左手握著長筒狀物體的一名男子。

他朝向伊卜利巨蜥走去，明亮的褐髮隨風飄逸。

「咕嚕啊啊啊啊啊啊！」

當伊卜利巨蜥看到那名男子的瞬間便襲向他，動作靈敏到完全無法想像身上開了一個洞。

巨大的利牙逼近男子，隨後使勁地咬合下去。

男子被悽慘地咬碎——這樣的景象，只不過是安潔的幻覺。

男子還活著。

他竟然擋下了伊卜利巨蜥的頭部。

他只是把右手放在巨蜥巨大的鼻子上，便中斷了牠的攻擊。

然後，他以不急不徐地把左手朝向巨蜥的頭部。

「『散彈槍・射擊（Shotgun Trigger）』！」

下一瞬間，筒狀物射出了某種東西。

安潔完全看不出來那是什麼。但是，她猜得出來有某種東西以超高速被發射出去。

畢竟安潔只是眨了一下眼睛，伊卜利巨蜥的頭部便從這世上消失了。

「……」

伊卜利巨蜥的頭部被整個炸飛，長長的脖子像是吃了一記上鉤拳似的，往後擺出了仰面朝天的動作。

咚的一聲，發出了與其龐大身軀不相稱的輕盈聲音。

無法認為是現實的光景。

但是，從脖子的斷面不停地流著鮮紅的血液。

「呼……」

男子吐了一口氣，同時把右手朝向伊卜利巨蜥的屍體。

接著，伊卜利巨蜥的身體轉眼間就被火焰包圍。隨著油脂燃燒的劈啪聲響，肉燒焦的臭味也頓時充滿四周。

此時，男子轉向安潔的方向。他背對著火焰，彷彿什麼事都沒發生過一般開口說道：

「妳好。妳是安潔莉可・卡蓮特提爾小姐……沒錯吧？」

「嘿？」

被男子突如其來搭話，使得安潔發出了不像樣的聲音。

「還是說，妳是法姆．海音朵拉小姐？」

他在詢問自己的名字。

安潔雖然察覺到這件事，但是她並沒有開口，而是在匆忙搖頭之後，又急忙點頭。

「我來救妳了。」

身穿鼠灰色長袍而來的這名男子這樣說時，確實地觸動了安潔的心弦。

男子自稱魯迪烏斯．格雷拉特。

他朝無法抑制激昂內心的安潔瞥了一眼後，便對法姆使用治癒魔術，沒兩三下就治好了她。儘管法姆還沒有恢復意識，但不論是被咬斷的腳、折斷的骨頭甚至是因為撞擊而產生的紫色瘀青，都在轉眼間恢復了原狀。

他雖然說明自己是受某位人物所託而來救助安潔等人，但是卻不肯明說委託人的名字。

安潔也對會幫助自己的人毫無頭緒。

「不管怎樣，幸好我有趕上。真是千鈞一髮呢。」

「是……是的……！」

魯迪烏斯正揹著昏迷的法姆走在森林之中。

至於安潔則揹著裝滿大量印托花的竹簍，同時屢屢確認自己的服裝儀容。

（頭髮肯定翹得亂七八糟。衣服上也全都是泥巴，屁股那邊肯定也髒掉了吧……臉大概也很髒……啊啊，怎麼辦？是說，我這樣的態度應該不行吧？）

每當魯迪烏斯轉過頭，安潔就會面紅耳赤，把臉別到旁邊繼續跟著他。

但是魯迪烏斯似乎不在意她這種奇妙的態度。

不如說，他可能是以為自己不能看對方的臉，不知不覺間就連頭也不回，只是不發一語地走在前頭。儘管偶爾還是會回頭，但真的只是偶爾。充其量只是確認對方有沒有跟上而已。

安潔還想再多看幾眼魯迪烏斯的臉。

（怎……怎麼辦？就快到村子了。到時候，他肯定會成為英雄吧。畢竟他打倒了巨蜥，拯救了村子嘛。該怎麼辦？要是變成那樣，肯定就說不上話了……）

此時安潔的視線，注意到了被揹著的法姆。

她那對豐滿的乳房，正猥瑣地擠壓在魯迪烏斯的背上。

安潔看到這一幕，感到有些嫉妒。

「那……那個，魯迪烏斯先生！」

「是，怎麼了嗎？」

安潔趁勢出聲搭話，隨後魯迪烏斯面無表情地轉過頭來。

「法……法姆！法姆她，不……不會很重嗎？」

「我沒問題的。」

「可……可是，你從剛才開始就一直走路，不會覺得累嗎？」

「不會，畢竟我平常有在鍛鍊，不會因為這種程度喊累。」

魯迪烏斯說著說著，同時捲起長袍並彎起手臂。

儘管因為他身穿黑色甲冑，無法看見隆起的肌肉，但安潔看了之後卻莫名感動地說：「果然有在鍛鍊呢！」

此時，魯迪烏斯像是想到什麼似的敲了敲手掌。

「啊，對耶。不好意思，我沒有注意到。」

「咦？」

（什麼？注意到什麼？）

和滿心驚訝的安潔相較之下，魯迪烏斯卻是露出潔白的牙齒閃閃發光，並笑著說道：

「安潔莉可小姐，妳應該累了吧。不如我們稍微休息一下吧？」

順帶一提，牙齒看起來會發光只是安潔的幻覺。

「…………啊，沒……沒錯！我有點累了！不好意思，請讓我休息一下。然後，請你務必叫人家……哎呀不對啦，請務必叫我安潔就好！」

「我明白了，安潔小姐，那麼，就在那……」

魯迪烏斯輕輕地將法姆放下讓她靠在樹幹，自己則是坐在倒樹上。

倒樹以兩段呈現著V字形，一眼就能明白這是魯迪烏斯為了安潔設想，想讓她坐在和自己稍稍有些距離的位置。

但是安潔心想。機會就只有現在。

（嘿！）

安潔就這樣直接在魯迪烏斯的旁邊坐下。

「……！」

魯迪烏斯的身子猛然一震，這個動作被安潔注意到了。

（他……不願意嗎？）

安潔偷偷窺視了他的表情。

儘管魯迪烏斯看起來有些尷尬，但並非明顯感到厭惡的表情。

他只是不知道該如何反應。

安潔察覺到這點後，立刻反射性地講出藉口。

「不……不好意思！我……我還很害怕！因……因為我還在怕，可以讓我坐在旁邊嗎！」

「咦？啊，好的……請坐。」

完全靠著一股氣勢。安潔打算直接衝了，衝向這場聖戰的盡頭。

「那……那個，真的非常謝謝你。」

「不會，因為這是工作。」

儘管魯迪烏斯的反應冷淡，但是他俯視安潔的視線卻不斷漂移。安潔不由自主地望向那股視線的前方。

她這才發現，自己的衣領不知道是什麼時候被勾破了，胸口都露了出來。

「！」

安潔為了遮住胸口，反射性地用手擋在上面。

再強調一次，安潔打算直接衝了。衝向無止境延伸的地平線彼端。

「……！」

安潔緩緩地靠到魯迪烏斯身上。

魯迪烏斯則保持距離往旁邊平移，安潔再次靠近，魯迪烏斯平移。

到最後，魯迪烏斯被逼到倒樹的一頭，安潔則是緊緊地貼著魯迪烏斯的手臂。

「那個，魯迪烏斯先生。」

「有……有什麼事嗎？」

安潔一邊感受到魯迪烏斯不時注視著自己胸口附近的視線，同時緊張地吞了一口口水。

胸部沒有法姆那麼大。但是在村裡算是大於平均值，還經常被色老頭性騷擾說什麼「那包藥是用安潔的乳溝煎的是嗎？」。

在村裡只是遭人揶揄的道具。

但是安潔身為女性的一面正在吶喊，這個現在可是武器。

「就算是工作，我還是真的很感謝你救了我一命。」

「不……不客氣。」

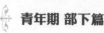

「如果之後回到村裡，你沒有要馬上回去的話，還請來我家一趟。我想答謝你……」

「不，我馬上就回去。因為之後還有工作……」

儘管出師不利，但安潔並沒有放棄。要說為什麼的話，因為安潔打算衝了。衝向位於遙遠旅途盡頭的，那永恆的都城。

「那麼，那個，既然這樣，那個，請讓我，現在就報答你。因為我身上什麼都沒有，那個，就……就用我的身……身體……」

安潔雖然感覺到自己滿臉通紅，手依舊靠在外露的胸口上。

接著她意識到魯迪烏斯的視線緊盯著那裡後，打算一鼓作氣把手放開……

然而就在此時，魯迪烏斯猛然起身。

「那……那個……魯迪烏斯、先生？」

「失禮了，因為我的老毛病好像快發作了，必須服藥才行。」

魯迪烏斯雖然嘴上這麼說，但視線卻始終無法從安潔的胸口移開。

但是聽到服藥，安潔也稍微回神了。

她是名藥劑師。聽到眼前的男子有宿疾，自然會反射性地思考自己是否能幫上忙。

「那……那個！如果得吃藥的話，我是藥劑師，只要回到家應該就能幫你調合！」

「不用了，我有把自己平日服用的帶來。」

魯迪烏斯一邊說著，一邊把手伸進懷裡。接著拿出來的東西，是一包白色的布。

安潔看到那個立刻對藥湧起了興致，情愛什麼的已被拋在腦後。

或許是職業病使然吧。

魯迪烏斯是強力的戰士。他身穿甲冑，擁有足以擋下伊卜利巨蜥攻擊的實力。不僅如此，他還會使用攻擊魔術。是層級很高的魔法戰士。

況且他對法姆施加的是高等的治癒魔術。聽說治癒魔術和解毒魔術多半會成套一起學習。因此，他肯定也精通解毒魔術。

像這種感覺會出現在傳說裡的人物抱有的宿疾，以及對宿疾有效的藥品。如果是自己不知道的東西，自然會想親眼見識。

「……是內服藥嗎？」

「呃，嗯，類似那樣的東西。」

魯迪烏斯這樣說著，便拉著布的兩端用力攤開。

安潔原本以為放在裡面的藥品會因此掉落，便反射性地伸手去接。

但是，不管是藥丸還是藥粉都不見蹤影。因為布裡面什麼都沒放。

那麼，藥會在哪？

這麼想著的安潔抬頭一看，頓時有個奇妙的物體映入眼簾。

是內褲。

魯迪烏斯不知道什麼時候把內褲拿在手上。從尺寸看來，是未成年的女性穿的內褲。
是什麼時候？
咦？為什麼？
剛才還包著藥的布……不對，那塊，就是剛剛的布。
那塊布，就是摺疊起來的內褲。
咦？為什麼？
「……？……咦？」
「呼…………」
魯迪烏斯看了一眼陷入混亂的安潔，重重吐了一口氣……隨後把臉貼在內褲上面，
「嘶————……噗哈！」
大口吸氣。
「嘶——哈——嗅、嗅、嗅、嘶哈——」
他就這樣發出鼻音，一而再再而三地不斷吸氣。他聞著味道，用臉頰磨蹭，有時還會津津有味地舔著。充分享受了內褲的美好。
「……」
安潔對眼前的光景嚇得瑟瑟發抖。一股寒氣在她的背脊流竄，既無法動彈也發不出聲音，

她只能僵直著身體，專注地看著魯迪烏斯的行動。

「…………呼。」

魯迪烏斯大概做了五分鐘之久吧。

「神啊，感謝祢。」

他最後這樣說道，擺出了猶如祈禱般的姿勢之後，將內褲摺得像原本一樣整齊，便放進了懷裡。

「……」

安潔不清楚該說什麼才好，嘴巴始終一張一闔。

她無法理解剛才的狀況。

剛才的氣氛明明不錯，卻突然出現了內褲，然後有個變態在聞。到底什麼跟什麼。

「果然，聖物就是要用過的才好。」

唯一明白的只有一件事。魯迪烏斯的行動，將方才還支配著安潔的情感給徹底粉碎了。

沒錯，就是安潔的愛意。

「那麼，安潔小姐，妳有什麼事嗎？」

「呃…………不，沒事。」

從夢裡醒來了。

就這樣，安潔很乾脆地回到村子。

抵達村子之後，魯迪烏斯把法姆交給安潔並這樣說道：

「因為我不打算繞去村子逗留，就在此告別了。」

「是……是……辛苦你了……是……」

安潔對這番話始終面無表情地連連點頭。看來剛才那幕脫離常規的光景，依舊深深地烙印在她的眼裡。

「那麼，請多保重。」

魯迪烏斯轉過身子朝村外邁出步伐……突然間，他像是憶起了什麼似的停下腳步，回頭望向安潔並這樣說道：

「啊，對了。安潔小姐，妳剛才有說要報答我對吧？」

聽到這句話，安潔的背脊便有一陣寒意流竄。

報答。沒錯。仔細想想，對方救了自己一命。如果被要求的話沒辦法拒絕。

就算再怎麼對眼前的男子充滿了生理上的厭惡，安潔也不是如此不懂知恩圖報的人。

「呃，那個……就……就是，我覺得，內褲之類的會有點困擾……」

「不是，我不需要那種東西。其實是有件事想要請妳幫忙。」

「要……要我幫忙——！」

啊啊，該怎麼辦？對方肯定會要求超級變態的事情。

做好心理準備的安潔頓時臉色鐵青。

「……」

看到安潔這樣的態度，魯迪烏斯搔了搔後腦杓，低喃了一句「算了，這樣也好」，同時從背包拿出了某樣東西。

他拿出來的是一本繪本，以及某種人偶。

「安潔小姐，如果妳生下了小孩，還麻煩妳唸這本繪本給他聽。跟他說斯佩路德族並不是什麼惡魔。」

「咦？斯佩？你說什麼？」

「斯佩路德族。」

「斯佩路德族……」

聽到這突如其來的發言，讓安潔不禁浮現詫異的神情。

「在繪本後面也附有文字唸法的表格，就當作順便教小孩學字也行。這件事還請妳多多幫忙了。」

魯迪烏斯只說完這些，便丟下愣在一旁的安潔離去了。

安潔的手上只留下繪本和一頭綠髮的魔族人偶。

是斯佩路德族的人偶，光是看著就讓人不寒而慄，而且作工相當精巧，甚至還著上了鮮艷的色彩。感覺就算突然動起來也不足為奇。

這是一尊可怕的惡魔雕像。安潔有一股想把它馬上扔掉的衝動。

但是，受人救了一命的事實讓她打消了這個念頭。

「……呃？」

斯佩路德族。

雖然安潔沒遇過，但也聽說過。那是被稱為惡魔的種族。父母親在小時候還嚇唬過自己，說要是做了壞事的話就會被斯佩路德族吃掉。所以他是想要推廣斯佩路德族其實並不是壞人的理念嗎？

（為什麼要做這種事……）

無法明白對方意圖的安潔不知道該如何是好，抓住了人偶的頭。

「啊…………」

這時，人偶的頭髮被剝了下來。

在安潔的手中，一名光頭戰士正以嚴肅的表情架著長槍。

「呵。」

看到這一幕，安潔笑了。

雖然還是搞不清楚怎麼回事，但這是救命恩人託付的東西。就試著照他說的去做吧。

安潔湧起了這個想法。

從那之後過了幾年。

安潔受到服下藥物後痊癒的杜契爾求婚，成為了村長的第二夫人。杜契爾雖然做事勤奮但為人普通，是個完全不有趣的男子。

但是，他不是變態。

安潔一邊感謝著這件事，一邊唸著繪本給出生的孩子們聽，撫養他們長大。

之後，繪本中的故事變成了村裡普遍會用來唸給小孩子聽的故事，光頭的斯佩路德族是正義的種族一事，也在附近一帶開始流傳……

不過，這又是別的故事了。

第二話「貓咪畢業前後兩個樣」

這次也順利地完成了工作。

解救原本會在森林深處喪命的獵人，法姆・海音朵拉。

聽到概要的時候，我以為這是份簡單的工作。用解毒魔術治療村長的兒子，在森林深處解決一頭類似巨龍的生物。實在是輕而易舉。

當我抱著這種想法過去的時候，殊不知法姆已經進入森林。我只好著急地全力追趕，當追上時，法姆已經是奄奄一息。

真危險啊。她昏迷不醒的那段期間讓我捏了一把冷汗，路上揹著她的時候，我也好幾次小聲地對她施加治癒魔術。

還有，和法姆在一起的藥劑師安潔。那傢伙也很危險。

實在太煽情了。應該可以說是魔性的女人吧。要是出了什麼差錯，我說不定就直接推倒她了。如果我沒有為了以防萬一把聖物複製品帶來的話，可就死定了。（註：出自《機動戰士鋼彈》，主角阿姆羅和宿敵夏亞交手時，夏亞的頭盔被阿姆羅的劍刺入，說「要是沒有頭盔的話可就死定了」）

原本是不應該在別人面前進行祭神儀式的，但這也無可奈何。為了讓對方放棄，同時讓自己清醒，除此之外別無他法。

「呼……」

總之，快點回去吧。

回到家裡，摸摸孩子們的頭，晚飯就吃愛夏種的米，到了晚上再和妻子夜夜笙歌。這些就是我人生的價值。要說我每次都是為此而活著回來也不為過。

我這樣想著想著，不知不覺已回到了自己家。

當我靠近玄關門口，猶如牽牛花般纏在入口的比特就幫我打開了家門。我家是什麼時候變成了自動門來著？雖然是很方便沒錯啦。

犰狳次郎不在狗屋啊。這表示洛琪希還在學校嗎？

我向在庭院前面放空的塞妮絲，以及正在曬衣服的莉莉雅揮了揮手。
看到莉莉雅低頭回禮之後，便走進了家裡。
「我回來了～」
「啊，是哥哥的聲音！歡迎回來～歡迎回來哥哥～！你妹妹現在有點忙不過來，但是有跟你說歡迎回家喔～！」
聲音是從地下室傳來的。應該是愛夏吧。
愛夏在做什麼啊？會不會是在整理肥料之類的？
「我聽到了喔～」
「你回來啦，魯迪。」
當我這樣思考時，希露菲從客廳那邊慌慌張張地走了出來。而在她身後的，是猶如小鴨子般跟上來的露西。
「我回來了，希露菲……這次也很累呢。」
「辛苦你了。」
希露菲幫我脫下長袍，將上面的塵土輕輕拍掉後掛上了衣架。
順帶一提，魔導鎧已經先在事務所脫掉了。
設置在入口旁的大鏡子裡所映照出來的，是這個世界隨處可見的年輕人。
但是，今天的魯迪烏斯先生感到相當疲憊，就像個操勞的上班族。

「爸爸～歡迎回噠。」

當我看著鏡子裡的自己時，露西抬起頭並對我這樣說道。

一頭明亮的褐髮，可說是凜凜有神的長相。明明才三歲左右，卻有著媲美長耳族美少年的外貌。雖說耳朵比希露菲還短了些，但是和小時候的她十分相像。那樣的生物小不隆咚地站在眼前，對我說歡迎回家。

啊啊！她說爸爸，歡迎回家！啊啊啊啊！

「我回來了，露～西～！」

當我感動得想要把她抱起來時，露西卻踩著小碎步退後，躲到了希露菲的後面。以警戒的眼神瞪視著我。

打擊！

啊，糟糕該怎麼辦？難受想哭。

「喂～露西。」

「不要～」

希露菲把露西抱了起來，然後把她捧給我。

我毫不猶豫地就抱了過來。露西很輕，很溫暖。希露菲也是這樣，感覺她們的基礎體溫比我還高。是因為脂肪比較少嗎？或者是基於種族的特性呢？

是什麼都好啦，我的小露西～吁、吁……啾啾，我要磨蹭妳的臉頰嘍，嗚嘿嘿。

「不～要～粗粗的～」

對她施以熱吻之雨後馬上遭到了嫌棄。

話說起來，我在工作時沒有刮鬍子。糟糕糟糕。總之，既然被嫌棄了就住手吧。嗯，不能做出會讓露西嫌棄的事呢。畢竟我不想被她討厭嘛。

我把露西放下來後，她逃也似的衝向了廚房。

她這麼討厭我嗎？難受。

「唉～露西真是的……」

希露菲把手扠在腰間嘆了口氣。

不過和之前有一陣子相較之下，露西已經變得比較親近我了。會好好地叫我爸爸，也沒再擺過「這傢伙是誰啊」的表情。雖然感覺還有一些距離……不過這也是沒辦法的事。

「啊！」

總之，為了撫平內心失去的溫暖，我把希露菲摟了過來。接個吻，也順便摸一下屁股吧。

「真是的，魯迪……」

啊，感覺開始想愛愛了。要直接把希露菲帶去寢室嗎？

可是，現在小孩子還醒著……

「不可以喔，那種事情晚點再做。」

「好～」

被希露菲婉拒後，我便放開了她。

總之，只要她們肯給予我愛情，我就絕對不會被魔性之女的美色所誘惑。

「洛琪希和莅莅呢？」

「洛琪希在學校。莅莅在客廳喔。」

順著這番話，我便和希露菲一起移動到客廳。

莅莅正睡在嬰兒床裡面。

莅莅．格雷拉特。是我第二個女兒。有著一頭美麗藍髮的嬰兒。

但是，或許是因為長相看起來十分圓潤，感覺在床的周圍可以窺見「砰──！」的效果音和集中線。再配上在嬰兒床正下方縮成一團的雷歐，感覺很不可一世。

「莅莅，我回來了。」

「啊～嗚。」

莅莅明明還很年幼，卻可以像這樣回答。

她從出生到現在甚至還不到一年。說不定我家的小孩是個天才。

或者說，這次搞不好真的是轉生者。雖然和露西一樣，她對日文和英文都沒反應。

不過，或許是因為那張圓潤的臉吧，甚至會覺得有聽到她在說「辛苦了，好好休息吧」。

將來長大肯定會霸氣外漏吧。

「莅莅都不怎麼哭呢。而且也不太愛笑……有點擔心呢。」

希露菲和我在不同的意義上擔心著菈菈。

基本上，我認為這部分應該沒問題。畢竟她長得這麼圓圓胖胖的嘛。

這是會成為大人物的長相。肯定沒錯。

不過呢，我可以明白希露菲為何會擔心。畢竟在這世上有各式各樣的疾病，要是外貌和其他人不同，也有可能成為霸凌的原因。

「沒關係，不管發生什麼事，只要我們一家人好好支持她就好了。」

「我也是那樣打算，但是洛琪希可能會覺得自己要負起責任喔。」

「到時候我會抱住她用愛來設法解決的。」

我一邊撫摸津津有味地舔著我的手的雷歐，同時說些不著邊際的話。

不過，洛琪希好像的確會覺得自己有責任。其實我只要她願意生下小孩就很開心了……她偶爾也會有貫徹完美主義的一面嘛。

「咦？」

此時，我察覺到了某件事。

少了一個人。平常的話，我們家的核彈頭總是會像在和愛夏比賽一樣衝出來迎接我。

然後就像是要表示正在順利變大似的，會說聲「來！」讓我撫摸肚子。

那個時候我會順便摸一下胸部，然後被痛毆一頓，平常應該都是這個模式才對……

但今天不知道為什麼沒有。出了什麼事嗎？

「艾莉絲呢？」

「啊──」

我問了之後，希露菲顯得有些不知所措。

「她今天早上，和愛夏起了一點爭執。」

「咦？怎麼，她們吵架了嗎？」

「應該……不算是吵架吧……唔……」

希露菲似乎有些難以啟齒。那麼，百聞不如一見。

「好吧，那我去看一下。」

「嗯。」

我摸了摸菈菈的頭，然後離開客廳。

途中雖然發現露西從門縫中偷看著我，但當我們四目相接之後，她就慌慌張張地跑走逃到二樓。儘管內心有股想衝去追露西的衝動，我依然朝地下室踏出步伐。

下了樓梯之後，我發現愛夏正好在使勁敲著地下室的門。

「艾莉絲姊──！因為我們家已經有雷歐、次郎還有比特了啊！」

「我知道嘛！」

敲著門的愛夏，以及隔著門應話的艾莉絲。

「怎麼了嗎？」

聽到我出聲搭話，愛夏才猛然回頭。

「啊！哥哥。你聽我說啦！就是艾莉絲姊啊，好像撿了貓咪回來，從早上就喵喵叫的吵死人了啦。」

「貓……」

貓啊。也對，畢竟艾莉絲喜歡動物。因為動物不太肯親近我，自然也不是那麼喜歡，但由於雷歐很親近我，所以要說我是狗派也不為過。

只要感受到善意，不論是誰都會想以善意回報。

「我也不是討厭貓咪，但家裡已經有三隻了吧？所以想說至少要先徵求哥哥的同意，但就算我這麼說她也不肯聽。」

原來如此。需要我的意見嗎？畢竟我姑且算是戶長。

「我覺得要養也沒關係啊。」

「真的？」

從門的另一邊傳出很開心的聲音。

雖然太寵她也有點不妥，但艾莉絲肯定也因為孕婦生活累積了不少壓力。如果養一兩隻貓咪就能消除壓力，那是再划算不過了。

「只不過家裡還有嬰兒，我也不太常回家，所以妳要好好照顧牠喔。」

「我知道啦！那當然啊！」

和艾莉絲開心的聲音相較之下，愛夏看起來倒是一臉不滿。

「唔——結果飼料之類的還是要我去買啊。」

噢，也對，這樣會增加愛夏的工作……況且艾莉絲也有可能會養到一半就膩了。

「對不起喔，愛夏。」

「沒關係，反正哥哥都答應她了嘛。」

「對不起啦～我下次再找機會補償妳嘛」

「唉，真拿哥哥沒辦法……」

我使勁地撫摸她的頭之後，她的心情也稍稍好了一點。不過或許是因為髮型亂掉，她的表情有點微妙。

「好啦，艾莉絲，把門打開吧。」

「嗯。」

話聲剛落，通往地下室的門便緩緩地打開了。從裡面出現的是把嘴巴抿得死緊的艾莉絲。

雖說是孕婦，但看起來完全感覺不到一絲虛弱。感覺就像是孕婦之王。

「……」

然後，我望向門內的深處。

看到端坐在地下室，脖子上掛著項圈的貓咪時，不禁倒抽了一口氣。

是隻出色的貓咪。儘管身上有些髒兮兮，但是耳朵直直豎起，修長的尾巴也很帥氣。

不光是這樣。

最先吸引我目光的，是胸部。胸部很豐滿。大概和艾莉絲同等級。

身上的衣服破爛，頂多只能勉強遮住胸部和腰部。有著健美肌肉的大腿，經過日曬的健康肌膚，都毫不吝惜地表現出那份美好。

「啊啊！老大，好久不見了喵！得救了喵！這份大恩我一輩子都不會忘記喵！」

「她是我今天早上在散步途中撿到的！名字叫莉妮亞！」

莉妮亞娜·泰德路迪亞。她是我的學姊，幾年前以優秀成績從魔法大學畢業的獸族女性。

啊啊，我記得很清楚。原來如此。很好。

「拿去扔掉。」

「不要！」

門在我眼前粗魯地甩上了。

★ ★ ★

花了將近一個小時。才成功說服艾莉絲再次開門。

後來，我們決定移動到客廳聽聽她們的說法。

艾莉絲說，她是在帶雷歐散步的時候找到莉妮亞的。

懷孕五個月。

由於孕吐的次數較為減緩，能夠走動的艾莉絲好像又開始帶雷歐散步了。

第一個想做的運動是散步。我想肯定是因為她的地盤意識很強。也罷，畢竟對孕婦來說適度的運動也是必須的，我認為這沒什麼不好。

然後，當她在散步途中經過奴隸市場附近的時候，事件發生了。

首先，據說莉妮亞從陰暗的角落飛奔出來。同時還有一群像流氓的男人追著她跑。然後莉妮亞的尾巴被抓住，可悲的她只能束手就擒……

看到這一幕的艾莉絲當場做出了判斷。

據說她拔出腰間的佩劍，將可憐的流氓俐落地一刀兩斷。然後抓著戰利品（莉妮亞），就這樣意氣風發地回家了。

「因為是我救的，這是我的！就養在家裡吧！」

艾莉絲這樣主張。這種說詞簡直和山賊沒兩樣。

「……好……好的。我是艾莉絲大人的所有物喵。」

至於莉妮亞，則躺在艾莉絲的大腿上乖乖被摸著耳朵。

儘管任人擺布，但是她的身體正在一抽一抽地震顫。那是恐懼的顫抖。對強者搖尾巴。這就是野獸的規矩嗎？

算了，這樣是沒什麼關係……

「是說，莉妮亞，妳為什麼在這個鎮上？為什麼打扮成那副模樣？」

我記得在那天，就是和莉妮亞道別的那天。她說要去做買賣之後，帥氣又瀟灑地離開了這個城鎮。然而現在卻像奴隸一樣裹著破布，全身也有些骯髒，老實說還有點臭。

「問得好喵。回想起來話實在是漫長又艱辛，可謂聞者傷心，言者潸然……」

「麻煩妳長話短說。」

「喵。」

莉妮亞從學校畢業，離開這個城鎮之後，好像如她自己所宣言的一樣，打算成為商人。

她要在阿斯拉王國採購些許商品，拿到北方大地販賣。回程時在北方大地採購商品，再帶回阿斯拉王國出售。簡而言之就是行商人。

聽說她還為此添購了馬車，用貸款的。

好像還順便添購了一批商品，這也是用貸款。

一般來說，剛起步時應該要用步行的方式往返大約隔壁城鎮的距離來做買賣……說穿了，她就是想一口氣大賺一筆。

以結果而言，她因為貸款的利息導致收入持續赤字。這也是理所當然。

她的生活一天比一天窮困。雖說她有慢慢地償還一點債務，但是卻不知道什麼時候才能還清，每一天都這樣度過。

直到有一天，某個人為那樣的她指引了一條明路。

隸屬於放款的那個商會的商人，向莉妮亞提議了某件事。他說：「妳很認真地在償還債務。但是就我的觀察，妳不是很擅長做生意，讓人看了實在很心疼。雖說我沒辦法幫妳把債務一筆勾銷，但只要妳成為商會會員，就能降低貸款的利息，能讓妳比現在更輕鬆還債。儘管要成為會員需要繳納給商會二十枚阿斯拉金幣，但這筆錢先由我墊著吧。以後妳再還我就行了。雖然姑且還是得寫張借據，不過我很相信妳喔。」

莉妮亞相信了這些話。

雖然從旁人的角度聽來會覺得十分可疑，但是貓被誇獎的話也會撞上珍珠。於是，莉妮亞花了二十枚阿斯拉金幣購買那間商會的會員徽章。

然而，莉妮亞拿到的那枚會員徽章根本就是假貨。當她把徽章拿給放款的商會看了之後，對方露出了「這傢伙在說什麼啊」的表情，回過神來才發現男子已不見蹤影。

雖然徽章是假貨，但交到他人手上的借據卻是真貨。

莉妮亞單純只是另外背上了二十枚阿斯拉金幣的債務。

阿斯拉金幣是這個世界上最昂貴的金錢單位。既然欠下了二十枚，之後產生的利息自然相當可觀。這對原本就已經被利息壓得喘不過氣的莉妮亞來說，理所當然是付不出來。

於是馬車和商品都被扣押，莉妮亞的人身自由也遭到限制。

「我完全被對方騙了，然後就淪落為奴隸了喵。」

我覺得一般來說，讓她繼續支付利息反而會比較賺錢才對……為什麼？難道說對方已經盤算好讓莉妮亞當奴隸更賺錢的方法了嗎？

總之先把這件事放在一邊。

說實話，聽了她變成奴隸的原因，我認為有一半是咎由自取。

詐欺就是詐欺沒錯，像這種事肯定是詐欺別人的傢伙不對，但總之有一半是自作自受。

「唔嗯～」

話雖如此……艾莉絲砍了奴隸商人的同夥，這個行為實在不太恰當。

家裡不僅有兩名可愛的未成年少女，還有嬰兒。我不希望在這種狀況下和壞人敵對。

「該怎麼辦才好呢……」

「老大，求你幫幫我喵，我什麼都願意做的喵……我不想當奴隸喵……」

莉妮亞雙手合十懇求著我。身上只用破布蓋著，脖子上還戴著項圈。

該怎麼說呢，很煽情。

「莉妮亞……我問妳……」

「請說喵。」

「妳被上了嗎？」

「喵！」

在莉妮亞站起身子前，我已經望著天花板了。因為伯雷亞斯神拳大顯神威，我連人帶椅翻到地上。

「魯迪烏斯！你在問什麼啦！」

「對呀，魯迪，我覺得剛才那樣問有點不體貼喔。」

「哥哥真差勁。」

遭到女性陣營瘋狂抨擊。

「對不起。」

現在先老實道歉吧。嗯。也對。這種問法確實有點過於下流。

「別講這種失禮的話喵！我還是貨真價實的處女喵！他們說這樣價值會更高，所以沒對我出手喵！」

「是嗎，太好了。」

我自己也不清楚為什麼要問這個。只是不由自主地覺得應該要確定這件事，但萬一她曾遭受殘忍的對待，想必只是傷口上灑鹽吧。反省。

不過話又說回來，價值會更高是嗎？在這個世界果然也存在著認為處女很重要的一派。畢竟在大森林好像也棲息著被稱為處女廚的獨角獸。

我一邊胡思亂想，同時挺起身子。鼻子好痛。試著摸了一下，已經流出鼻血了。

希露菲慌張地為我施加治癒魔術。

「不過啊，這下可麻煩了。」

艾莉絲砍了那群奴隸商人。長相肯定也曝光了，說不定對方之後會來報復。必須要想些對策才行……

要把莉妮亞還回去妥善解決這件事呢，還是要與奴隸商人敵對徹底擊潰他們？

要是選擇後者，害諾倫她們被綁架的話我可受不了啊……

話雖如此，要是對莉妮亞見死不救的話半夜也睡不好覺。畢竟是朋友嘛。唔～

「有人在家嗎——！」

當我正在想東想西的時候，從玄關傳來了聲音。

雖然是陌生男子的聲音，但莉妮亞的身子卻抖了一下，然後奮力一跳躲到了沙發後面。

「是……是那些傢伙喵！」

看樣子似乎是奴隸商人。

我移動到玄關。

「我們的奴隸在這裡對吧？我們可是清楚得很喔。」

「我不太清楚您指的是什麼意思，還請各位離開這裡。」

我趕到門口時，莉莉雅已做出對應。

對方有三個人。

站在前方的是個嬌小矮個的男子，有可能是小人族。站在他身後的，是虎背熊腰的光頭與雞冠頭髮型的男子。他們全身上下都散發出暴力的氣息。

感覺就像亞○和薩○森。（註：出自遊戲《超兄貴》）

「別這麼說嘛……在這個鎮上能把人砍成兩半的紅髮孕婦，以及白色大狗的組合，可不做他想呢。」

「艾莉絲夫人確實是個不分青紅皂白就動粗的人。或許正如您所說沒錯，但是這裡並沒有奴隸。還請各位離開。」

看到莉莉雅態度如此強硬，在後方的光頭男嘖了一聲。

他擠開了矮個男子走到前面，把手伸向莉莉雅。

「妳這臭老太婆！要是妳太囂張的話──」

莉莉雅身子猛然一震，任憑肩膀被粗魯地揪──

「哇──！慢著慢著慢著慢著，別動手，別動手，千萬別動手啊……！」

沒揪住。

矮個男子抓住光頭男的手，將他的手往下拉。

「大哥，為什麼啊？平常的話……」

「你傻了嗎！這位女僕可是那個魯迪烏斯·格雷拉特的奶媽，也是他同父異母妹妹的母親啊！你有膽就碰她一根寒毛試試，到時你就等著整個家族都被趕盡殺絕吧！」

這樣說完，光頭男以膽顫心驚的表情望向莉莉雅。

「那，大哥為什麼要把我們帶來啊……」
「這個嘛，是以防那個不能溝通的『狂劍王』突然殺出來時可以充當我的擋箭牌……」
「好過分！」
此時，這名矮個男子注意到我的存在。突然擺出了溫和的表情並搓著手。
「啊！您好呀，魯迪烏斯先生……」
諂媚的聲音。之所以會莫名畢恭畢敬，是為了強調自己沒有對莉莉雅動手吧。也對，要是真的揪住的話我毫無疑問會大發雷霆。
不過也太誇張了，我是不至於把一族趕盡殺絕……至少我不會，艾莉絲就不知道了。
「……莉莉雅小姐，接著由我來處理吧。」
「明白了，少爺。」
莉莉雅行了一禮之後，往後退了幾步便停住不動。看樣子是在旁邊待命。
「嗨，您好，初次見面，魯迪烏斯先生。」
矮個男子一邊搓著手，同時鄭重地低頭致意。
「小的是瑞姆商會旗下，巴爾巴立德商店的員工，專門處理糾紛，名叫金邱。」
「初次見面，我是魯迪烏斯．格雷拉特。」
金邱嗎？感覺是對蚊子很有效的名字。（註：出自日本知名的除蟲公司「KINCHO」）
「那麼，請問這位金邱先生有何貴幹？」

雖說我大致猜得到他的來意，但姑且還是問一下。要是因為別的事而來那就太蠢了。

「這個嘛，魯迪烏斯先生，其實前陣子，我們有一隻奴隸逃了出去。」

「哦，請問是什麼樣的奴隸？」

「是德路迪亞族的女孩。不僅戰鬥能力高也會使用魔術，是最頂級的奴隸。」

喔喔，聽見了嗎，莉妮亞？

他說最頂級耶。妳的評價高得莫名其妙啊。

「然後呢，我們的人雖然追到了那個奴隸，但卻被全滅了。而且啊，還是所有人都被漂亮地砍成兩半呢。」

「哦？」

是艾莉絲的傑作。總覺得很過意不去。明明奴隸商人也只是在工作，要是被逃走的傢伙反殺也就算了，想不到卻被毫無關聯的傢伙給砍了，想必心裡很不是滋味吧。

「不過，關於這件事就算了。畢竟小的們也是在幹這種工作。處在這種打打殺殺的世界，出現傷亡什麼的本來就是家常便飯。更何況對方還是那個七大列強第二位的『龍神』的屬下，而且還是下任阿斯拉王的知己……您說是吧？」

「能聽到你這麼說就再好不過了。」

他好像很害怕奧爾斯帝德與愛麗兒的名號。果然在這世上就是要靠人脈啊。

謝謝你，奧爾斯帝德社長！愛麗兒部長！看來不需要節外生枝就能順利解決了。

不過，我應該沒有特別宣傳過自己是奧爾斯帝德的屬下啊。

算了，所謂的謠傳就是無風不起浪吧。

「只是，那個……魯迪烏斯先生。」

「是。」

「怎麼說，就是那個奴隸啊，在價錢這方面呢，稍微貴了一點。」

「……畢竟你說是最頂級的奴隸嘛。」

雖然我覺得就算能力再高，是個笨蛋的話也沒什麼用途。

算了，我也沒什麼資格對別人的腦袋說三道四。

「如果是隨處可見的奴隸，也是可以直接獻給您，順便請您關照一下本店。嘿嘿，偏偏那個奴隸啊，沒辦法輕易地讓您說帶走就帶走呢。而且也已經找好買家了。」

「那個買家，是不是叫『伯——斯・格——特』的？」

「是的，是的，沒錯沒錯。正是魯迪烏斯先生也很熟悉的那個！」

就艾莉絲的老家嘛。

「這名奴隸是德路迪亞族的公主，能戰鬥也會使用魔術，而且不僅是美女還是個傲氣的處女。對方聽到這些，立刻就大手筆地給了三百枚阿斯拉金幣當訂金呢。」

雖然不知道是詹姆士叔叔還是他兒子，不過格雷拉特家還真是……

有那個閒錢去買奴隸，不如把錢拿去復興菲托亞領地啊。

不過艾莉絲也是對莉妮亞一見鍾情，更何況這次賣的商品是限量販售，不會再有機會取得，這樣的確會忍不住掏錢出來。

「因為能賣到這麼高價的奴隸可說是萬中無一，所以我們也實在是沒有辦法就這麼忍氣吞聲呢。」

「嗯，可以理解。」

「這樣您清楚了吧。我們這邊也是逼不得已，當初也是花了不少錢買來的……」

「……」

唔～花錢買來的嗎？也對，要是造成這麼龐大的損失，他們搞不好也得倒閉了。雖說就算他們倒閉對我而言也是不痛不癢，但我不希望被人怨恨。

「話說起來，魯迪烏斯先生。」

金邱對還在迷惘的我投以略帶威嚇意圖的笑容。

「您的妹妹和其中一位太太，都在魔法大學上課對吧。要是哪天治安變得不好的話……」

「你這傢伙……打算對諾倫和洛琪希出手嗎？」

要是他真的敢動手，我可是不會手下留情的喔。起碼要做好連拉諾亞王國都滅亡的心理準備呢。

「啊……啊～當我沒說，當我沒說。當然了。當然了，我們並不打算和魯迪烏斯先生敵對。Love & Piece。小的想和您保持良好的關係。」

「我也是這樣想。所以才會像這樣和你交談。」

「對吧？所以呢，只要能把奴隸還給我們，小的們呢，自然也不會打算賭上性命在太歲爺上動土。但是，那個嘛，您明白吧？再這樣下去，小的們就算不上吊也不行了。既然橫豎都是死，不如戰死還比較有意義對吧？」

我理解他想說什麼。想必他們也很拚命吧。

要是在收下了三百枚阿斯拉金幣作為訂金的情況下取消訂單，信用肯定會一落千丈。光是頭期款就這麼多了，當初有可能也是花了不少錢才買到的吧。他們肯定會破產。然後要是扯到破產，自然也會賭上性命設法力挽狂瀾。

負傷的野獸，無論何時都是恐怖的。

「呼。」

……算了，沒辦法。這次是莉妮亞自己太過粗心大意。借了貸款，讓貸款越滾越多，還被那麼明顯的詐欺手法給騙了。自作自受。就當作是進一趟監獄，讓她被伯雷亞斯家買下吧。至少當初在紹羅斯身邊的那群獸耳女僕看起來並沒有那麼煎熬。

也不會被要求太嚴酷的勞動。

嗯，雖然會被做色色的事，但是那一家人也有很多人長得像艾莉絲或是菲利普這種帥哥，又很喜歡獸族，所以肯定會受到寵愛。

要不然乾脆由我寫一封信也行。就寫說雖然是奴隸，但這是我的熟人，希望別對她做出太過分的事情這樣。好，就這麼辦。

「我懂了。」

「您明白了嗎？」

「嗯，我現在就……」

去把莉妮亞帶來，當我話說到一半並轉身過去時——把這句話吞回了喉嚨。

因為我看到了站在樓梯上的某個存在。

「……」

是露西。我可愛的愛女。她露出不安的神情，從樓梯的扶手後面注視著這裡。

「…………莉莉雅小姐。」

「是，請問老爺有何吩咐。」

我現在屈服於這樣的威脅，卑躬屈膝地低頭把莉妮亞交給他們好嗎？

在一臉不安的露西面前。身為一名父親，真的要把那隻央求我們家庇護，瑟瑟發抖的小貓交出去嗎？

——不行。

「麻煩妳去我房間，看金庫裡有多少就拿多少過來。」

「……謹遵吩咐。」

莉莉雅小姐的動作十分迅速。她以小跑步消失在房子深處後，立刻就帶著足以用雙手環抱的大袋子回來。是不是讓她搬太重的東西了呢？
打開袋子之後，裡面塞滿了許多分裝過後的小袋。
我從裡面拿出一袋，並扔向金邱。
「……這是？」
金邱一臉狐疑地皺起眉頭，然後打開了袋子。
「！」
接著驚為失色。
「這是魔石。只要帶去適切的地方兌換，光是那一小袋應該就能換到大約五百枚阿斯拉金幣吧。」
「咦？啊？」
「還有，再給一包。」
我扔出第二個袋子。金邱慌慌張張地接住。
「你們該不會不只抓了泰德路迪亞，連亞德路迪亞的公主也在你們手上吧？因為那兩個人總是會一起行動。」
「咦？沒……沒有，奴隸就只有那一隻而已。」
「說謊可沒有好處喔。」
我一邊這樣說著，同時扔出了第三袋魔石。金邱接住了袋子，但表情卻顯得更加困惑。

「話先說在前頭，我可不打算在把你們的店燒成焦炭之後，再像這樣重新把錢存回來呢。」

金邱的臉色瞬間變得一片鐵青。

「是……是真的。奴隸只有一隻泰德路迪亞的女孩。只有一隻而已！」

……算了，反正我只是姑且問問。這樣啊。畢竟莉妮亞要成為自由商人，而普露塞娜要成為故鄉的族長，兩個人走上了不同的道路。想必不會同時被抓吧。況且現在這個時候，普露塞娜應該也回到故鄉了。

「是這樣啊……那我就用這些買下莉妮亞。」

「咦咦！這些？三袋？」

「還不夠嗎……那再一袋？還是說魔力附加品比較好？」

我把手伸向下一個袋子。

總共兩千枚。直接全梭了。讓他見識我這一年來也賺了不少錢。

「不……不用，這……這樣，這樣就夠了！」

「哎呀，別這麼說嘛。因為我最近經常會不在家。要是有人趁我沒看到的時候，危害我的家人……如果真有這種事可令人受不了呢。你明白吧？」

「啊……嗯……」

必須趁現在好好警告他才行。這就是壓迫性外交。

「我希望今後也能跟你們保持良好的關係。比方說，剛剛提到的亞德路迪亞族女孩要是成為了奴隸，或者說有個萬一，我的妹妹和女兒變成奴隸的時候。希望你們能夠稍微通融一下，如何？」

「是……是，那是當然，當然會通融的。」

「果然還是把魔力附加品也帶走吧。像這頂一戴上去額頭的寶石就會發亮，能用來代替手電筒的頭盔你覺得如何？」

金邱全身直打哆嗦，以怯弱的表情低下頭。

「我……我知道了！賣您！很夠了。我不打算與您為敵，拜託不要再威脅我了。」

「多謝。」

贏了。這是金錢的勝利。

話雖如此，我自己也不打算和奴隸商人為敵。當然，也包括伯雷亞斯家。

「我會向伯雷亞斯寫一封親筆信，麻煩你過幾天再連收據一起拿走吧。」

「啊啊，實……實在……太感謝了。」

金邱這樣說完，便帶著其他壯漢快步離去。

「呼……」

呵呵……一時衝動花了一筆大錢啊。

與一千五百枚金幣等價的魔石。是筆大錢。莉莉雅雖然什麼也沒說，但肯定覺得很傻眼。

「少爺。」

「莉莉雅小姐……」

「太精彩了。」

「謝謝妳。」

莉莉雅莞爾一笑，然後低頭致意。她似乎原諒了我這樣的舉動。

不過，愛夏說不定會生氣……總之先試著說服奧爾斯帝德，讓他撥一筆經費給我吧。

算了，先不提那些。

看見了嗎，露西？爸爸啊，在緊要關頭可是會不客氣講出意見，做該做的事情的男人喔。

可以放心了。來，奔向爸爸的懷裡吧。

「……奇怪？」

我一邊想著這種事情同時轉過身子……天啊。

樓梯上已經沒有露西的身影。

難受。

總之，我就這樣救了莉妮亞，讓她成為家裡面的一員。

以奴隸的身分。

第三話「入學典禮與學生會會長」

莉妮亞在家裡實際上是以女僕的身分工作。

以我而言，放她去外面自生自滅也行，但莉妮亞再怎麼說都是朋友。在朋友有難時出手相助，這可說是天經地義。嗯，雖說我有一瞬間確實有打算切割她的念頭，但實際上並沒有這麼做，所以不算。

況且愛夏也對此表示反對。她說都支付了相當於一千五百枚金幣的金額，怎麼能隨便放逐她。

「雖然哥哥很會賺錢，但是錢不可以隨便亂花啊！直到莉妮亞小姐全額還清為止，她都得在家裡工作！」

哥哥的確是會不定期從奧爾斯帝德那裡收到薪水，像是魔力附加品或是魔石之類。

或許是因為奧爾斯帝德不斷重複著輪迴，他對這世上的哪裡有什麼樣的東西都掌握得一清二楚。所以不過是得養我一輩子的金額，他馬上就生得出來。

話雖如此，一千五百枚阿斯拉金幣對我來說依舊是筆鉅款。

這可是比房子還貴啊。

「沒錯。就算是魯迪烏斯的朋友，只有這點不能退讓！」

艾莉絲是這麼說的。

艾莉絲似乎打從一開始就不打算把莉妮亞拱手讓人。如果我選擇當場把莉妮亞交給奴隸商人這個選項，她肯定會讓腰間那把劍鏗然一聲出鞘，一眨眼就量產出三具屍體。

雖說是奴隸商人，但砍死人就是不對，我也針對這點訓斥了她一頓。雖說奴隸商人不管死了多少人都與我無關，但畢竟艾莉絲有孕在身，要是出什麼事就糟了。

要是在懷孕中殺人，說不定還會被惡靈纏上。

因此，我仔細叮囑她下次開始要先報上我或是愛麗兒的名號設法解決。

不過，恐怕她下次依舊會是動手比動嘴快吧。

艾莉絲就是這樣的女人，我也處於半放棄狀態了。

「我覺得很好啊，很有魯迪的風格。」

希露菲是這麼說的。

她對於僱用莉妮亞這件事並沒有反對。畢竟希露菲知道我和莉妮亞之間是朋友關係，所以她看到我重視這份友情，反而誇獎了一下。

「汪！」

聖獸雷歐是這麼說的。搞不清楚牠在說什麼。

知道的人只有莉妮亞。

「啊，是，雷歐大人。當然，我在下面就行了喵。我會聽你吩咐喵。請隨意使喚我喵。」

莉妮亞對聖獸待在這裡並沒有任何疑問。

看樣子關於這件事情，雷歐在碰面時就已經自己說明了。不過我不清楚牠是怎麼說明的，關於聖獸的事我也沒有問得很詳細。

總之，莉妮亞在階級之中，好像得排在雷歐底下。

竟然比狗還不如，可憐哪。

至於她的薪水是每個月兩枚阿斯拉銀幣，只是其中一半要拿來償還債務，實質上只有一枚銀幣。

這裡附三餐住宿。關於睡覺的地方，艾莉絲提議說要養在自己的房間。以立場來說算是愛夏的部下，但感覺會變得像是跟在艾莉絲身旁的寵物。

只不過，每個月一枚阿斯拉銀幣嗎？以這一帶的物價行情來考量的話，這份薪水算是相當不錯了，只是換算成一年支付一枚阿斯拉金幣的話，到還清債務為止得花到一千年以上。

「莉妮亞，妳接受這樣嗎？」

「嗚嗚，既然都被救了也不好意思要求喵……希望能夠永遠愛護我喵……」

莉妮亞本人似乎已經死心了。她如同被獵豹咬住脖子的高角羚般地躺在艾莉絲的大腿上，以一臉慵懶的表情被揉著尾巴。算了，既然本人覺得沒問題，那就這樣吧。

之後回到家的洛琪希對這件事也沒有特別反對。她和希露菲一樣，聽到我是為了幫助朋友才付錢，反而稱讚了我一番。只是她聽到了價錢和理由之後，便對我投以非常懷疑的眼神。

「你就這麼想和公主殿下享受第一次嗎？」

雖說解開誤會並沒有花太多時間，但我的下半身似乎還是毫無信用。

★★★

隔天早上。

我和洛琪希兩個人一起前往魔法大學。由於我們有兩個人，所以沒有騎上次郎而是徒步移動，在積雪的道路上踩出清脆的響聲前進。

我已經許久沒有到魔法大學上課，因為有請人幫我免除每月一次的班會。所以沒有必要去學校，但我今天有事情要找克里夫和札諾巴。

我們穿過由抗魔磚包圍的林蔭道，移動到初代學園長的銅像這裡。

看著猶如要塞的校舍，實在令人充滿感慨。第一次來到這裡時，我還是個ＥＤ呢……

「那麼魯迪，我要往這邊走嘍。」

「好的，洛琪希。妳今天也要加油喔。」

「魯迪也是——」

「啊——洛琪希老師和男人在一起！」

我打算和洛琪希道別時，突然傳出了此起彼落的尖叫聲。

仔細一看，要從宿舍移動到校舍的一夥人正指著這邊。

「那會不會是洛琪希老師的老公？」

「咦？那就是那個傳說中的？諾倫學姊的哥哥？」

「我第一次看到——其實還挺帥的耶！」

看來我似乎被當成珍禽異獸看待了。不過是這樣嗎？我其實是個帥哥呢。呵呵。

「……」

突然，我發現洛琪希正半睜著眼抬頭望著我。

啊，不是這樣。我只是被年輕女孩誇獎了一下，有點得意忘形而已。

「失禮了。」

洛琪希這樣說完，便不慌不忙地像是要抱緊我的手臂一般把手挽在一起，然後朝學生們比出了勝利手勢。

「呀——！」

學生一邊發出興奮的叫聲，同時消失在校舍之中。

「這是在強調魯迪是我的。」

「……」

洛琪希只說了這句話，便迅速把手放開。

耳朵很紅。雖然是自己主動這麼做，但好像還是很難為情。

「不……不行嗎？」

「……」

怎麼可能會不行。畢竟我就是洛琪希的人，我希望她把我拿來炫耀，更何況我現在可是像少女一樣小鹿亂撞。

我一邊這樣想著，同時偷偷往她的臉頰親了一下。嗯～好柔嫩的臉頰啊。

「怎……怎麼了？突然就……在這種地方……」

「是路上小心的吻。」

「啊……噢，原來如此……好，我確實收到了！那麼魯迪，我去上課了！」

洛琪希瀟灑地，以同手同腳的方式朝著教職員樓走去。

我目送她離開之後，也邁出步伐前往研究樓。

「太早來了嗎？」

雖然移動到研究樓了，但克里夫好像還沒來。他的小孩也出生了，肯定有許多事情要忙。

順便說一下，艾莉娜麗潔生下小孩的時候，就果斷從魔法大學退學了。

原本她就是為了釣男人才進入大學就讀。既然男人釣到了也生了小孩，自然會揮手再見。

儘管也有許多人對此皺起眉頭，但每個人利用設施的方法本來就不盡相同。

我對艾莉娜麗潔這個決定表示尊重。

總之，這樣時間就空下來了。要先去札諾巴那邊是也可以……

但是這時間就連勤勉好學的克里夫都還沒來，就算去了果然也只會造成困擾吧。

嗯，找札諾巴的時間原訂在下午。要是沒有通知一聲就跑去札諾巴那裡，常常會目睹尷尬的場面。今天就按照預定，以克里夫↓札諾巴的順序碰面吧。

我腦中這樣盤算，並在附近隨意漫步。

當我在殘留著細雪的道路上發出聲響走著走著，突然發現校庭聚集了人潮。

想說是出了什麼事而靠近一看，才發現校長正站在磚頭砌成的講台上發表演說。

「────然而魔術不一樣，魔術擁有未來！找回失傳的魔術體系，和現有的詠唱術式互相結合，達成全新進化的魔術將成為人們的────」

好像在哪裡聽過這樣的演說。雖然我說好像在哪，但其實也不用多想。

是入學典禮。

已經到了這個季節了嗎？我現在是幾年級來著？五年級……不對，六年級啊。雖說只有一開始的一兩年去上過課，但還是想參加畢業典禮。畢竟希露菲在退學之後也覺得這樣很可惜。

啊，既然我已經六年級了，塞倫特．賽文斯塔學姊應該已經畢業了吧？

那傢伙有去參加畢業典禮嗎？我想應該沒有吧。

感覺七星這幾年來為了學習召喚魔術已經忙得焦頭爛額。

目前她並沒有要求我去幫忙。是因為佩爾基烏斯那邊有十分充足的資源可以運用嗎？或是說實驗階段還遙遙無期呢？不過，她好像原本就是為了設備才入學的，說不定根本沒差。或者說，她還是想在原本世界的學校參加畢業典禮吧。

但不管怎麼說，我現在還是有點擔心七星。

畢竟她人生的最後，甚至讓未來的我支吾其詞。

有空的話，就去關心一下吧。

帶著飯糰和洋芋片。

「接下來，由學生會會長向新生致詞。」

我正在思考這些事時，校長的演說不知不覺間就結束了。

他邊按著假髮邊走回教師的行列之中。仔細一看，可以發現洛琪希也坐在那排教師群的正中間一帶。

噢，以教師身分端正地坐著的洛琪希。

真讚……好想隨便找個新生炫耀說：「那個藍色頭髮的美少女，可是我老婆喔」。怎麼辦呢？該炫耀嗎？

「——倫耶……」

「那就是魔法大學著名的——」

「真小隻啊，我記得她還未成年吧？」

「肯定還沒嘗過男人的滋味。」

校長的致詞結束後，新生開始鼓譟起來。

出了什麼事嗎？我這樣想著往台上一看，諾倫就站在那裡。身後跟著身材高大的魔族少女，以及體格矯健的獸族青年，她就站在台上的正中央。

「大家好，我是被選為本年度學生會會長的五年級生，諾倫·格雷拉特。」

諾倫是學生會會長。雖然我知道她隸屬於學生會，但我還是第一次聽說。

想必是在這幾個月裡決定的吧。

「雖然我還有許多不成熟之處，但是我會全力以赴。」

就算諾倫開始致詞，台下依舊一片騷動。

諾倫似乎沒有像愛麗兒那種光是說話，就能令周圍安靜的領袖魅力。

沒辦法，我稍微用個魔術讓周圍安靜一下吧。

不經意地看了一眼，才發現我的周圍有人以憐愛的眼神看著那樣的諾倫。

我有印象。記得他是粉絲同好會的成員。搞什麼啊，這傢伙根本就不是新生吧……

「肅靜──────！」

下個瞬間。站在台上的那名體格健壯的獸族青年發出怒號。

那股聲音霎時間響徹了全體新生，讓周圍頓時安靜。

「謝謝你，吉爾巴托。」

「不會。」

諾倫向獸族道謝之後，繼續演說。

「各位來自世界各地。其中想必也有些人曾度過完全無法想像的生活才是。但是，這裡是魔法大學，各位將成為學校的學生。既然做出了選擇，就必須請各位作為魔法大學的學生，遵守這裡的規定。」

接下來的內容，果然和我之前曾聽過的大同小異。

像是校規，或是就算和自己的常識不同也必須遵守規則之類的規範……

我在入學典禮的時候，當時的學生會會長愛麗兒也說過這樣的內容。

看來學生會會長在這種場合，似乎有一套既定的演說主題。

「──那麼，祝大家能度過愉快的學生生活。」

諾倫恭敬地行了一禮，然後從台上走了下來。

她的腳步穩健，看起來甚至充滿了一股莫名的威嚴──啊，眼神對上了。

才剛這樣想，諾倫的腳就踩空了樓梯，重重地跌到地上。

周圍開始傳出了嘻嘻竊笑的聲音。

哎啊～要是再稍微努力點，就能塑造出一個帥氣學生會會長的形象了說……

雖然我這麼想，但周圍關愛的視線卻莫名增加了。

剛才那個粉絲同好會的傢伙也一臉滿足。想必冒失女孩的粉絲在這個世界也占了一定比率。

不過，五年級就當上學生會會長啊……諾倫也很努力呢。

哥哥感到很驕傲喔。保羅在九泉之下，肯定也正拿著附有三腳架的大砲相機錄下諾倫活躍的英姿。

真是感慨萬千。念書、劍術，再加上學生會。諾倫真的很努力。

好，我也要加油。今後也要繼續努力，保護家人免於遭受人神的毒手。

「哼，那就是傳聞中的諾倫．格雷拉特嗎？C……不對，連期待值也納入考量的話應該是B吧。」

此時，從旁邊傳來一道聲音，徹底粉碎了我的感動。

這小子在說什麼啊？我一邊這樣想著並轉頭一看，發現有個帥哥站在那裡。

年齡大約是十五歲左右。

長耳族、金髮……是個超級帥哥。

等級和愛麗兒並駕齊驅。帥到甚至會讓人懷疑臉是否在發光，讓人無法直視。

呃，嗯。如果是這張臉的話，確實可以理解為何這麼自戀。他的外貌等級說不定還遠遠勝過我格雷拉特一族的首席帥哥路克。

如果把這傢伙定為S級的話，路克就是A，諾倫大概是B吧。

「聽說是這所學校的頂尖顏值害我還期待了一下……只有這種程度啊。」

但是，就算是事實也好，在這樣的場合說這種話還是有失體統。

我的確認為你是個帥哥，但可不是世上所有人都這麼想。

看吧，在那邊有恐怖的學長在瞪你了。那群覺得諾倫是全世界最可愛的人。

啊，你看，找同伴來了。那三個人剛剛是躲在哪裡啊？他們正一邊偷瞄這邊一邊講話。

「學長，那傢伙很誇張耶。」

「真假？他看不起小諾倫？真假？」

「真的啦。」

總覺得能聽到這樣的對話。不對，剛剛那段其實是我配音的。

剛剛那個帥哥才一年級，更何況我討厭霸凌。

可是那些傢伙討厭我，應該不會聽我的話吧。

看吧，他們已經看著我擺出「請別阻止我們喔，我們已經氣到不行了……」的表情。

你會被帶到屋頂被狠狠修理喔。

「這樣一來，也大概知道那傢伙的哥哥，叫魯迪烏斯的那個人是什麼貨色了。」

嗯，關於這點我不否定。

魯迪烏斯不過就是那種貨色。不過先把我的事情放到一邊吧。我可不覺得長相能贏過你。

此時我看著那傢伙，視線突然對上了。

「你也這麼想吧？」

那傢伙看著我，像是徵求同意般詢問。

咦？把球丟給我？

「……啊，嗯，呃。魯迪烏斯應該，沒什麼了不起吧？可是，諾倫她，很努力喔。」

「哈。」

我不知道該如何回答，想說先這樣敷衍過去，然後他用鼻子哼笑一聲。

「噢，抱歉。這座城鎮上的人都很畏懼魯迪烏斯呢。但是你儘管放心。我的名字叫雷弗魯特。是長耳族村族長瑪葛納弗爾提的兒子。你們不需要再擔心會被魯迪烏斯欺壓了。」

啊，真是有禮數。可是，在這種狀況下很難報上名字呢。

該怎麼辦？總之先自稱魯德．洛奴曼好了。

「我和你們，當然也和那個諾倫是不一樣的。是特別生，近幾年來唯一的一人。畢竟我將來要成為長耳族族長，已受過了適切的教育，這也是理所當然。」

啊，原來如此，他和莉妮亞及普露塞娜是同樣的名額啊。

從遙遠的國度，千里迢迢來到人類社會學習的大森林王子殿下。

「我勢必會站上這所大學的頂點。那個諾倫，將來也會變成我的女人。」

不，這點我可不允許喔。無論你的境遇多麼艱辛，用那種理由就想得到諾倫，哥哥我是不會允許的。

「所以，你只要跟著我就行了。會讓你體驗到許多好處。」

「……呃。」

難不成剛才那番話是用來招攬自己部下的演說嗎？

我想，肯定沒有人會因為這番話跟著他。

不過，倒是有不少人帶著羨慕的眼光看著這邊。既然如此，他有可能會形成諾倫的敵對勢力嗎？

……這種情況下，身為哥哥該做什麼才好呢？

為了不讓他跟諾倫敵對，是不是該趁現在想點辦法？

這樣算多管閒事嗎？算保護過頭了嗎？諾倫在學校已經穩穩地建立了自己的地位。雖然雷弗魯特氏自稱是族長候補，但是不等於在這個國家也握有權力……

更何況就算他對諾倫出手，還有粉絲同好會的那群人在。

感覺好像放著不管也沒關係。該怎麼辦？

「我可不能把那些話當作沒聽到啊。」

此時，有個存在向我們搭話。

有人來救我了。我抱著這種期待轉頭望去，看到對方的臉後想著——

「我的名字叫米．納魯。是小人族族長畢．納魯的兒子。」

你誰啊？

看起來好像是新生。雖然態度很囂張，但身高只有我們的一半左右。

但是，那張臉不管怎麼看都是成年男性，還蓄了小鬍子。

就如同外貌，好像是小人族。

「唯一一位特別生……？別笑死人了。本大爺也是這期的特別生喔。」

啊，無法當沒聽到的部分是指那個啊。

雷弗魯特以一臉震驚的表情俯視著小人族。

「喔喔，你不是米嗎……！」

「啊！好久不見了啊，雷！」

看來他們認識。

長耳族和小人族的生活圈相當接近。他們都是族長的兒子，想必曾經見過面吧。

「那麼，今年的特別生就只有我們兩人嗎？」

「不，你說錯了。」

米・納魯哼笑一聲，將躲在自己身後的人物推到前面。

這名少年能藏在小人族米・納魯身後，從大小來看應該也是小人族……不，不對。

他恐怕是人族。年幼的人族。

年齡約七歲左右。

長相是屬於阿斯拉那邊的人……總覺得好像在哪看過這張臉。

「好啦，自我介紹一下。」

少年用顫抖的聲音報上姓名。

「我……我叫格蘭涅爾。格蘭涅爾・札芬恩・阿斯拉。是阿斯拉王國第一王子格拉維爾・

札芬恩·阿斯拉的次子。」

真令人驚訝。這樣的少年，竟然是格拉維爾的兒子……？

他是來做什麼的？是報仇嗎？為了阿斯拉王國那件事？

或者說，是對我派出的刺客嗎……事到如今？叫這麼小的孩子？

「那個，爸爸好像要在政爭中落敗了，說怕我們的性命會有危險……」

噢！原來如此。格拉維爾考慮到自己的兒子有可能被愛麗兒殺害，所以讓他們逃走了嗎？

既然是次子的話，表示長子被送去其他國家了嗎……？不，不對。這個國家，拉諾亞王國站在愛麗兒這邊。可是他卻被送到這裡，這表示他可能是被愛麗兒當作人質。

還有雖然無關緊要，這個世界是不是有著偉人的兒子非得報上老爸姓名的規定啊？

「原來如此，你有自己的苦衷啊。我也是因為發生了許多事而被村子趕出來，也就是說我們三個人是很相像的同伴。」

「我可不是因為什麼特別的理由才被趕出來的……只是因為三子沒辦法繼承家業，所以我才乾脆離開的……」

「沒關係，我很清楚。不管是誰總是會有不想說的心事。想必你也聽說了那個傳聞吧？」

「你也是嗎……！」

長耳族的帥哥……名字叫什麼來著？那傢伙摟住了米·納魯與格蘭涅爾的肩膀。

「總之，既然都是特別生，就讓我們互相幫助吧。只要我們同心協力，要站在這所學校的頂點也不是夢……對吧？」

「啊……」

「呃，請多多指教。」

雖然搞不清楚狀況，但新生好像在入學典禮交到朋友了。

真是美好的景象。至於貶低諾倫的那件事……算了，就原諒他吧。

剛入學的時候，不管是誰都會想塑造自己的形象嘛。只要把剛才那句B級云云當作中二病發言的話就不會覺得生氣，反而還會讓人想笑。

算了，不管怎麼說，希望他們能好好加油。

「哦～哦～今年也聚集了很多人啊喵！」

像是要對這感動的光景潑冷水似的，從人群的外側傳來了一道聲音。

那是直到幾年前為止，在這所學校品行最差的學生的聲音。

轉頭望去，人群已經被一分為二，一名貓耳女孩正把手插進口袋威嚇眾人，同時朝這邊走了過來。

是莉妮亞。她明明應該在家裡當女僕才對，來這裡做什麼？

「那個不是莉妮亞學姊嗎？」

「誰？」

「那個啊，前年的首席。」

「聽說是不良學生的那個……？」

「為什麼？不是已經畢業了嗎……」

周圍也開始交頭接耳。她筆直地朝著我走了過來。

「嗨，老大。」

「嗯，妳來做什麼？」

「因為洛琪希大人忘了帶便當，我替她送來的喵。要去教職員室的話得經過這裡喵。」

原來如此，不是在午餐時間而是現在就送來，從這點可以窺見愛夏辦事效率有多好。

還是說，洛琪希會定期忘記帶便當嗎？

順帶一提，便當沒有我的份。當然並非是我不想吃親手做的便當，而是和朋友一起在外面吃飯也是社交的一環，所以今天沒有。

「……」

「……」

回過神來，直到剛才氣燄還很囂張的那兩個人正撇開視線，低頭看著地面。

「喂，她怎麼會在啊……不是聽說回去大森林了嗎？」

「我也是這樣聽說啊……」

「咦？怎麼了？」

兩個人悄聲說話，唯獨格蘭涅爾小弟一臉不安地東張西望。

「啊？」

就在這時，莉妮亞注意到出身於大森林的那兩個人了。

然後，她用堪稱和藹可親的態度舉起手。

「哦，是雷和米嗎？」

他們兩人的身子一顫，同時轉向背後。看樣子他們幾個認識。

「喂喂，你們是什麼時候從大森林過來這裡的喵？有十年沒見了吧？喂喂，真令人懷念喵。最近過得怎樣？喂，你們面向哪裡啊？把頭轉過來啊。」

不行，完全被纏上了。莉妮亞的那個眼神，是想要吵架時的眼神。是貓科動物狩獵獵物時的眼神啊。

看吧，格蘭涅爾少年也相當害怕。

「不，妳應該認錯人了。」

「何……何況我們也不叫那個名字。」

「啊？」

莉妮亞抓住兩個人的頭頂轉向自己這邊，同時發出了頗具威嚇性的聲音。

已經完全是「可以借點錢來搭電車嗎」那種感覺。

「你們兩個，該不會已經忘記我了喵？畢竟也過了很久喵。這樣啊，你們倆還真是沒記性喵……」

此時，我已經自然而然地注意到這三個人的關係。莉妮亞和普露塞娜是孩子王，而這兩個人就是小弟。話雖如此，這傢伙現在只不過是個奴隸，怎麼那麼跩啊。

「不……不是的，沒有這回事……！我們只是聽到傳言，說妳已經回大森林了，所以還以為是別人。」

「普……普露塞娜小姐不在旁邊的時候，莉妮亞小姐真的很美，一瞬間還看不出來是誰……所以那個，請饒了我們……」

好啦，我也差不多該去勸阻她了。

周圍的一年級生也害怕地躲得遠遠偷看。要是讓新生認為我們學校是被暴力支配的恐怖學校就糟糕了。本魔法大學是洛琪希的母校。雖說沒有可以升學的地方所以不算升學學校，但也是個燦爛的地方。

正當我下定決心，要從邪惡的不良少女手中拯救一年級小屁孩的時候——

「喂，來這裡了耶。」

「為什麼……」

「那……那是……」

周圍又開始吵吵嚷嚷起來。

人群被一分為二。有某個人正朝著我的方向靠近。

不久，那名人物現身了。

有著繼承自母親的明亮金髮，端正的眉毛。

學生會會長諾倫・格雷拉特。

獸族青年和魔族少女也從她的後方一起跟了過來。看到後面像這樣跟著兩個人，讓我想起了愛麗兒。

好，諾倫。

剛才雖然失敗了，但這次的對手是莉妮亞。狠狠地訓她一頓，讓眾人看看什麼叫作學生會會長的威嚴吧。沒問題，莉妮亞根本不會回嘴。因為哥哥會在後面狠狠瞪她喔！

「哥哥！」

當我這麼想的時候，諾倫卻走過莉妮亞旁邊，來到了我的面前。兩手扠在腰上，氣沖沖地抬頭看著我。

「為什麼哥哥會混在入學典禮裡面啊！」

……無視莉妮亞的行為嗎？不對，畢竟我也沒打算要讓她霸凌別人，是沒關係啦。

「呃，不自覺就……」

「害我嚇到摔了一跤耶……啊啊真是的，丟臉死了啦……」

「呃，嗯，演說很棒喔。相當出色。想必父親也從天上──」

「我不是在問你這件事！」

明明誇獎她卻挨罵了。傷心。

「你為什麼會在這種地方霸凌新生啊！」

「咦？」

霸凌？說我嗎……？怎麼可能。

我環視周圍，這才發現視線都朝向我和諾倫身上。對諾倫是投以信賴的眼神，對我則是投以畏懼的眼神。

怪了，這樣簡直就像我才是壞人。

「你都對這些孩子做了什麼啊！」

「沒……沒有……只是，他們稍微說了一些諾倫的壞話……」

說什麼好一點的話是B級之類，嗯……嗯？

「我對這種事情已經很習慣了，請不要這樣！哥哥沒看到他們這麼害怕嗎！」

「呃，他們怕的是莉妮亞喔。」

「唆使那位莉妮亞學姊的人不就是哥哥嗎！」

Oh, shit！原來是這樣。周圍的人看起來是這種狀況啊。

我是老大，莉妮亞是我的小跟班是嗎？

該死。這都要怪我平常作人失敗嗎？

「話說回來，我聽說了喔，哥哥！」

「什麼？聽誰說？」

哥哥都已經非常非常想要飆淚了，妳還想再繼續拿什麼來追打我？

「剛才，聽洛琪希姊說的！她說你把莉妮亞學姊當成奴……奴隸！到底在想什麼啊？」

是那件事啊。

「的確，要說是奴隸的話或許沒錯。但只是因為我幫她把債務還清，相對的她得在家裡工作而已喔。沒有做什麼見不得人的事情。」

我很明白地說出來後，諾倫皺起眉頭並嘟起嘴巴。

沒錯，我幫助了莉妮亞。俺根本沒做壞事咩。

「諾倫，老大說的全都是真的喵。那就跟救了我一命差不多喵。」

莉妮亞搓著手並靠了過來，兩個一年級小屁孩的表情頓時鬆了一口氣。

看到這一幕，諾倫也嘆了一口氣。

「……是這樣啊。好吧，反正莉妮亞學姊看起來也沒有那麼悲壯，應該是真的吧。」

她願意相信我。

「可是，莉妮亞學姊已經是畢業生了，請不要在學校裡面製造問題！」

「怎麼說是問題喵，我只是稍微跟以前認識的熟人打聲招呼而已喵……」

「……」

諾倫抬頭往上瞪視莉妮亞。好可愛。

「知道了，是我不好喵。因為稍微受到一點注目，不小心就得意忘形了喵。」

被諾倫不悅地抬頭瞪著，莉妮亞也搔了搔頭坦承並低頭認錯。

從她的反應看起來，或許她本身並沒有意識到自己在糾纏對方。

搞不好她打算再過一會兒就說「開玩笑的喵！好啦，你們也加油吧喵」並結束對話。雖然對方那兩人是真的很害怕。

諾倫從莉妮亞身上移開視線，再度朝向我。

「哥哥也是。雖然我很高興你想要保護我，但麻煩你不要過度反應。我自己的事情可以自己解決的。」

「是，我會銘記在心。」

我低下頭後，周圍發出了「喔喔」的讚嘆聲。

「竟然讓那個魯迪烏斯低頭了耶！」

「真不愧是學生會會長。」

「小諾倫好可愛……」

我向人低頭有這麼稀奇嗎？我對賠罪和下跪都很習以為常耶……

也罷。如果因為我抬頭低頭就能讓諾倫的評價上昇，沒有什麼比這更令人高興了。

「……」

不經意地看了一下，一年級的三個人還僵在原地不動望著這邊。

諾倫也注意到他們了。

「呃，那他們是？」

「我聽說是特別生。」

「啊，我有聽說，今年好像進來了三個人。」

諾倫這時清了清嗓子。以拉起裙襬，雙腳微彎的姿勢向三個人行了一禮。

「初次見面，各位。我是這所學校的學生會會長，名叫諾倫·格雷拉特。」

能出聲回答這句話的，是三個人中最小的孩子。

「我……我是阿斯拉王國第一王子的二子，格蘭涅爾·札芬恩·阿斯拉……」

「感謝你如此有禮數。想必格蘭涅爾大人待在不習慣的異國土地也有諸多不便。相信您有可能會因為境遇而被人說三道四，但請不用過度在意。要是有什麼不安，還請來學生會一趟。不論是在怎樣的環境下成長，既然來到魔法大學，我們學生會就會站在學生這一邊。不管遭遇何種境遇，為了讓各位能放心地努力學習，學生會將全力從旁進行支援。」

這段話一氣呵成，十分流暢。

說完這些像是事先練習過的台詞後，諾倫以堪稱優雅的動作再次行了一禮。

「啊，好的。」

「那麼，祝各位度過美好的學校生活……」

諾倫確實地打完招呼，然後離開了現場。

格蘭涅爾小弟等人用看得如痴如醉的表情目送她離去，我也是其中一員。

一陣子沒見，諾倫真的變得相當出色。想必她也有上禮儀規矩的課程吧。

不管怎樣，既然以那種方式應對了，顯然不會被一年級以下克上。雷弗魯特小弟也從剛剛開始就戰戰兢兢地看著我。

我個人也不想再繼續跟他們糾纏下去，所以決定帶著莉妮亞離開現場。便當只要放在洛琪希在教職員室的桌子就好了吧。

特別生三人組的入學，以及學生會會長諾倫。

魔法大學也進行了世代交替，吹起了一陣嶄新的風。

我這樣想著，和莉妮亞道別，前往克里夫的所在處。

第四話「研究進展」

克里夫最近戴起眼罩越來越有模有樣了。

繡有克里夫名字縮寫的眼罩似乎是艾莉娜麗潔做的，相當有型。

然而，戴上眼罩之後與其說有型，反而感到他身上纏繞著一股魄力。

從他沒身高又沒什麼肌肉的這點來看，是因為想到基列奴戴眼罩的模樣，所以才不禁讓我這樣以為吧。

「愛麗兒之後是第一王子的兒子啊……事情感覺又要變麻煩了。」

導師似乎是在班會上把之前那個三人組介紹給克里夫。

他想到今後的狀況，忍不住嘆了一口氣。

「我想他和愛麗兒大人不同，身分類似人質，請跟他好好相處吧。明明還那麼年幼，不應該被捲入父親的紛爭之中。」

「也對。算了……我會盡量叮嚀他們別對你的妹妹出手。」

「謝謝你。」

我和克里夫邊聊天邊走進他的研究室。

艾莉娜麗潔不在，她現在正在顧小孩。活了好幾百年的艾莉娜麗潔已經有好幾個小孩。不過，與克里夫生的小孩似乎備受寵愛，克萊夫現在正被裰抱提攜地養育。如果是在養小孩方面也是老手的她，肯定能栽培出優秀的小孩。

「好啦，我們走吧。」

克里夫從研究室裡面提了三個木箱後走了出來。

是邊長三十公分大小的四方型木箱。我提了其中兩個，相當沉重。

「抱歉啊。」

「不會不會。」

我們提著這些走出研究樓，就這樣前往學校外面。

「克萊夫最近怎樣？」

「很健康地長大。不過到了晚上會哭，實在很費事……讓我想起在養護院的時候。」

「畢竟克里夫學長是在養護院長大的嘛。」

「嗯。因為養護院也有很多被棄養的孩子……不過，自己的孩子果然是特別的。」

「就是啊。」

目的地是郊外。我們在學校前面招了一輛馬車，一路搭到城鎮的大門。

我們在兩人座的馬車上並排而坐，然後繼續對話。

「克里夫學長真是了不起，已經有父親的樣子了。」

「我什麼也沒做。因為有麗潔在，所以我只是看起來有模有樣。」

「可是像我的話，每個月大約只有一次能一起幫忙照顧小孩。」

「照顧小孩也有各式各樣的形式。依你們家的情況，既有妻子也有女僕，況且你在做你應該做的事情。沒有必要看得太重。」

克里夫把箱子放在大腿上，說出像是悟道般的台詞。

「以我的角度來看，像你這樣沒辦法每天看見小孩成長……反而很可憐啊。」

「能被克里夫神父這樣說，實在是不勝感激。」

「嗯，要是還想懺悔的話再來找我吧……開玩笑的。」

克里夫在不知不覺間已經通過了米里斯教團的神父資格考。雖然並非正式任職，但如今他也總算能夠在教會工作。

他也並非老是埋首研究。也就是說，他果然有在考慮回故鄉之後要做什麼吧。我現在是六年級，所以克里夫已經七年級了。

是最高年級，明年就會畢業。

「克里夫學長，你畢業之後有什麼打算？」

「……不知道。本國的祖父也沒有傳來任何聯絡。不過我想先回去一趟。畢竟我也想報告已經結婚生子的事情。」

「會覺得寂寞呢。」

雖說這終究只是我的推測，但依照我的猜想，克里夫回到米里斯的時候，將會再次與人神展開對決。

「那是之後的事了。」

「也是呢。」

我們聊著不著邊際的話題，此時馬車也抵達了夏利亞的南門。

付錢給車伕之後，我們從這裡開始以徒步移動。

走出大門之後，繼續朝東南方行走。過了一會兒，便看見了本公司的事務所。獨自聳立在郊外，一棟莫名巨大的建築物。為了不讓人靠近還用柵欄圍了起來。

「話說，雖然我也是在無形中察覺到的，但你那個時候果然說謊了對吧？」

「是的，因為關於詛咒這件事，不管我怎麼說你們都不肯相信。」

「我沒有要責怪你的意思。那個詛咒很強力。就連現在……你看，我的腳都在抖了。」

我們聊著聊著，移動到了事務所前面。

門上寫著「非相關人員禁止進入」的一排字。我從懷裡掏出鑰匙開鎖。映入眼簾的是姑且做了出來，卻完全沒有用途的櫃檯，我們通過那裡，前往裡面的房間。

「嗚……」

打開門的瞬間，克里夫畏縮了起來。

在他視線的前方，是奧爾斯帝德。他正坐在使用高級木材製成的桌子旁不知道寫著什麼。

長相依舊是這麼恐怖。

「唔，是克里夫．格利摩爾嗎？」

「啊，嗯，沒錯。我是克里夫．格利摩爾……」

「你每次都很辛苦啊。」

「這是什麼意思啊……！」

不管怎麼想都是字面上的意思吧。

因為我的請求，害得你必須和奧爾斯帝德面對面，這樣很辛苦的意思。

「奧爾斯帝德大人。我們趕緊開始吧，今天有三個。」

「嗯。」

我和克里夫把木箱放在桌上。

奧爾斯帝德打開其中一箱，並取出裡面的物品。

箱子裡面放的是全罩式頭盔。

其他箱子也放著類似的東西，只是顏色不同。分別是黑色、棕色以及灰色三種顏色。

「請您戴看看吧。」

「……」

奧爾斯帝德依言，像是要把自己的頭鑽進去似的戴上頭盔。

明明沒穿盔甲卻只戴著頭盔，可疑人物感根本爆表。

就我來看，感覺比之前更加恐怖，不過……

「克里夫學長，你覺得如何？」

「…………不行，比之前更糟。」

「那麼換下一頂。」

像這樣，奧爾斯帝德會把三頂頭盔輪流戴過，然後每次都會觀察克里夫的反應，確認是否有效。等到把頭盔戴過一輪之後，再詢問克里夫的意見。

「果然是三號吧。我將一號試著以弗拉克式轉換魔力，但看來是反效果。換句話說，很有可能是魔力本身受到詛咒。」

「魔力本身……？」

「嗯，就像是奧爾斯帝德……大人的魔力在進入視野的當下，詛咒就會發動那樣。」

「那麼，假設用魔力無法通過的物質覆蓋全身如何？」

「如果進去完全沒有縫隙的箱子，詛咒當然是不會發動，但根本沒有解決任何問題。」

「所言甚是。」

至於我們正在做什麼，是在研究奧爾斯帝德的詛咒。

這一年來，以艾莉娜麗潔的詛咒研究為基礎嘗試了各種實驗。

之後，總算是釐清奧爾斯帝德的詛咒核心是在頭部的事實。所以才會像這樣讓他戴上頭盔型的魔道具，由克里夫的主觀意識來判斷，測試魔道具的效果到什麼程度。

姑且還算有成果。現在只要戴上最新版本的頭盔，就能緩和奧爾斯帝德的詛咒。但效果微乎其微，就算戴上頭盔，只要走在街上就會有小孩哭出來，野狗會害怕地逃走，馬車會嚇到直接翻覆。

不過，能夠讓希露菲和艾莉絲對奧爾斯帝德態度軟化，這點已十分值得。

雖然變化的程度只是從「彷彿殺親之仇的存在」到「超討人厭的上司」，不過以結果來說，她們也不由得察覺到詛咒確實存在。理解我之所以會跟隨奧爾斯帝德，也是因為詛咒不起效果所致。

克里夫也是在研究途中察覺到奧爾斯帝德的詛咒，以及我會撒謊的理由。

這是重要的一步。

雖說他現在心情似乎還很複雜，但姑且也適應了這個狀況。

不過，路還很長。頭盔的尺寸目前大約是奧爾斯帝德的頭的兩倍大。因為沒透氣孔，所以戴上後不僅無法呼吸，也看不見前面、聽不到聲音、無法說話。並非能長時間戴著的裝備。

真的還有很長一段路要走。

話雖如此，僅花一年時間就能做出這種東西的克里夫毫無疑問是個天才。照這樣繼續研究下去，相信離奧爾斯帝德大搖大擺地走在城鎮上的那天應該也不遠才是。

克里夫也相當高興，因為研究別人的詛咒，似乎可以應用在解除艾莉娜麗潔詛咒的魔道具上。

可惜的地方是，等艾莉娜麗潔養育小孩的事情告一段落之後，他又得投入那邊的研究。

然而不用擔心，馬上生第二胎就好。

「那麼，下次就在一個月後吧。」

「嗯，勞煩你了。克里夫．格利摩爾。我完全沒有想到你有這種才能。」

「咦？啊……噢，對……對吧。畢竟我是天才嘛。」

奧爾斯帝德也對克里夫的研究成果感到相當驚訝。

他在漫長的輪迴中好像也嘗試對詛咒做些什麼，但由於經過了幾百年的測試都沒有成果，已經處於半放棄狀態。

在重複循環的這兩百年裡，或許除了克里夫以外，也有人能對詛咒的研究拿出成果。

但是，那傢伙肯定不會願意站在奧爾斯帝德這邊。

不過現在做出成果來了。想必奧爾斯帝德已經在計劃從下一輪開始該怎麼樣才能讓克里夫研究詛咒。

是說，我會在那一輪裡面嗎？之前那輪好像沒有我……

「魯迪烏斯。」

我正在思考這些時，奧爾斯帝德向我搭話。

克里夫已經移動到事務所外頭。因為詛咒的效果，他連一秒也不想待在奧爾斯帝德身邊。

就算腦袋知道這是詛咒，身體依舊會把他認定為敵人。

這就和明知蟑螂對人類毫無殺傷力，但是看到了還是會膽顫心驚十分相像。

「……多謝你。」

被這樣道謝，讓我揚起嘴角。

討厭啦~我們家社長嘴真甜呢。

很~好很好，一旦詛咒的頭盔完成，我們就一起去逛個街享受一下吧。

和奧爾斯帝德一起在街上約會。到時候我要充分地感受一下什麼叫作狐假虎威。

「不會，要是家人繼續反對下去，也只會讓我過意不去。更何況人神肯定也不樂見奧爾斯帝德大人能自由行動，所以是為了我自己。」

「也對。」

等社長的病治好的那天，就要把我們奧爾斯帝德有限公司發展為世界第一的大企業。

我在腦中胡思亂想，然後離開了事務所。

和奧爾斯帝德道別之後，我們繞到事務所後面進入武器庫。

我從裡面取出魔導鎧。這是小型的魔導鎧，分成手部零件、腳部零件以及身體零件的漆黑甲冑。乍看之下似乎很輕，但由於是我用土魔術製成，其實非常重。

因此，要穿在身上讓魔力流通到鎧甲直接移動。

「克里夫學長，久等了。」

「嗯，那走吧。」

我和克里夫一起回到大學。

接著是札諾巴。

雖然來回移動多跑了一趟，但要是奧爾斯帝德進入大學可能會引起大騷動，這也是沒辦法的事。

「克里夫學長，你午餐打算怎麼解決？」

「這個嘛……我先回房間把這個放好後再去餐廳。麻煩你去叫札諾巴，大家一起吃吧。」

「了解。」

克里夫為了放頭盔而回到了自己的研究室。

而我依言直接前往札諾巴的研究室。

當我打算直接開門時，突然停住不動。以前，我曾經就這樣不假思索地開門，目睹了札諾巴的性感畫面。當時搞得彼此都很尷尬。

我是懂得反省的男人，在進入房間前一定會敲門。於是我敲了門。

「先敲門……有人在嗎～」

「喔喔！師傅！您來得正好！快請進吧！」

他馬上回應，而我確認了有人回應之後把門打開。

於是出現在眼前的，是一個年約三十歲看似阿宅的男性……以及十歲左右的全裸幼女。

幼女按住腹部，看起來已經淚水盈眶。從她的雙腿之間還流著一道鮮血。

啊，這是犯罪現場。

「札諾巴……你……竟然對茱麗出手……」

「現在可不是開玩笑的時候！師傅，請您對茱麗施加治癒魔術。她從剛剛開始就血流不止。」

札諾巴聲音很拚命，是出了什麼意外嗎？茱麗也用快哭出來的表情抬頭看著我。

「Grand Master……我肚子好痛。請救救我……」

我可不是醫生啊……雖然這樣想，我還是很仔細地觀察了茱麗的身體。

沒有外傷。那是內臟嘍？

血正在從雙腿之間流出來。有股腥味。這個，八成……不，肯定錯不了。

「我想，八成是生理期吧。最好還是找金潔小姐過來。」

「咦？喔喔，原來如此！仔細想想，茱麗也是少女啊！完全沒有設想到這件事，本王子都給忘了！」

「Master？」

札諾巴咯咯大笑，茱麗則是以不安的神情抬頭看著他。

茱麗已經九歲，不對，還是十歲了？雖說以第一次月經來說是太早了一點，大概礦坑族就是這樣吧。還是說買下時講的年齡有誤？

算了，怎樣都行。

「喔，在這之前得吃午飯啊。茱麗，妳今天就休息吧。在金潔回來前，妳可以一個人睡覺嗎？」

「…………我很怕。Master，我希望跟你在一起。」

「唔嗯……」

哎呀哎呀，札諾兄，很受歡迎嘛。你這傢伙不簡單喔。

「哎呀，也沒關係啊。我去買點什麼回來。就在這裡吃吧。」

茱麗也已經是大人了啊。雖說原本打算等到她成年，但最近魔力總量也漸漸升不上去了。

是時候開始執行計畫了嗎？

過了將近一小時後，札諾巴的研究室。

後來我和克里夫會合，買完餐點後回到了這裡。

現在，我們三人正面對面坐著吃飯。金潔正在旁邊照顧茱麗。那個人現在與其說是騎士，反倒更像女僕。

考慮到茱麗的狀況，有人提議要移動到其他房間，但茱麗會覺得不安，希望我們陪在身邊，所以還是待在同一個房間。

「師傅，魔導鎧那方面您覺得如何？」

「還不壞。畢竟連魔物的一擊都能擋下。只不過以能力上來看，果然還是靠不住。對上魔物的話沒什麼問題，但若是和劍士交手的話應該會很吃力。」

「畢竟已經把防禦力、恢復力以及機動力……全部犧牲掉了呢。」

「不過，如果要維持跟原型機相同的性能，就必須變得更大才行……」

這一年半來，魔導鎧也歷經了許多種版本。

當初是想把最初的魔導鎧「一式」維持原本的性能直接小型化，但始終沒辦法順利成功。基本上那算是把當時所有技術的精華集合起來的產物，還用上了人神提供的謎之技術。就連簡化過後的「一式改」也同樣無法順利小型化。雖說尺寸是稍微小了一圈，但性能卻是一落千丈，只得到了這種沒什麼意義的結果。

後來，我們不斷重複嘗試，得到的結論是撤掉身體部分的魔法陣。

把魔法陣換成集中在雙手雙腳，更改為連底部也包覆起來的形狀。這項變更成功地達成小型化的目標，而且還大幅減少消耗魔力（話雖如此還是會瘋狂消耗魔力，現在依舊只有我穿得起來）。

完成了只有腳部和手部零件的「二式」。

但是，「二式」卻有出力上的限制。

畢竟少了身體部分來流通魔力，意味著一旦我灌注所有魔力啟動的話，沒有受到補強的手腳會從根部開始裂開。這樣一來，就算好不容易擁有這麼高的性能，也頂多只能發揮出上級劍士程度的力量。

後來為了不讓四肢裂開，我們加裝了寫入輔助用魔法陣的身體零件。

於是，性能能夠與聖級劍士匹敵的「二式改」便誕生了。

雖然按照理想的話性能應該要再高一點比較好……但理想實在遙遠。

不管什麼時候，理想都很遙遠，世事總是不會盡如人意。

「算了，也只能一邊使用一邊改良了。」

「也對。」

克里夫也表示贊同。總有一天，真想完成連他也能裝備的成品。

「對了，師傅，您覺得加特林機槍如何？」
「那個殺傷力太高，用途有限啊……」
我們也針對武器想了許多方案。
請洛琪希的熟人製作的那把加特林機槍。
我們聽從奧爾斯帝德的建議，將那個稍微簡化了一些，試著變更為能將十發岩砲彈幾乎同時發射的形式。也就是五指爆○彈……可惜並非那樣帥氣的招式，只是普通的散彈槍。（註：出自《勇者鬥惡龍 達伊的大冒險》，用五根手指同時擊發五道火焰咒文的技巧）
這同時也是對付水神流的策略。
據奧爾斯帝德所說，水神流會直接將魔力架開。
所以，以些微的時間差幾乎在同一時間發射的散彈槍似乎對他們相當有效。
雖然對水王以上的對手似乎沒有意義，但除了整體太長不太好動作以外，算是使用起來很方便的武器。
儘管做了各式各樣的努力，但始終沒辦法一步登天啊。
我目前也在進行魔術的訓練和身體的鍛鍊。畢竟我有工作，還有家庭要顧，不能把時間都花在這上面。也就是說，必須更靈活地運用腦袋才行。
雖說最近都是對上一些雜兵，但沒人知道強敵什麼時候會出現。
就算靠初見殺也行，還是需要能一擊打倒對手的手段。（註：初見殺是指遊戲中因為特殊的設

計或難度導致玩家第一次挑戰時被秒殺，第二次就會開始警惕）

「話說回來，札諾巴，自動人偶那方面怎麼樣了？」

「噢，那邊目前凍結中。雖然一部分是因為遇上了瓶頸，但還是守護師傅性命的研究更為重要。」

「啊……真是抱歉。」

「哈哈哈，製作魔導鎧也很有意思，師傅無須道歉。反倒是本王子想向您道謝呢。」

札諾巴這樣說著，並敲了敲魔導鎧。實在是太可靠了。

「對了，札諾巴，既然茱麗長大了，我想也是時候開始認真販賣繪本和人偶了，你覺得可行嗎？」

「唔嗯……」

繪本和人偶。沒錯，為了提高斯佩路德族評價的那個。

第一批算是已經完成了。

在我不知道的時候，札諾巴買齊了染料，做出了經過塗裝的完成品。

嗯，雖然瑞傑路德人偶的髮色淡了點，槍的顏色有點太偏奶油色，肌膚的顏色太亮了點，我對這些地方有些意見，但都是旁枝末節。如果是那個，不管是誰看到都會認為是斯佩路德族。

要是放在床頭櫃上，剛起床的洛琪希一看到就會發出慘叫，而聽到慘叫跑來的諾倫會沒有經過我的允許就私自帶回自己房間。

繪本的完成度也很高。

文字是諾倫，至於圖呢，沒想到是札諾巴畫的。

雖說不算畫得很好，但卻是小孩子會喜歡的輕柔筆觸，很有那麼一回事。

之後要將其製成版畫後量產，再用手工方式上色。雖然整個作品充滿了手工製的感覺，但這個世界的書基本上都是大同小異，所以不覺得有任何突兀。

最後，只要在書後面附上學習文字用的表格，還能用來當教科書。

用意在於教科書應該更不會被輕易丟棄。

人偶和繪本，兩者齊全，我在每次工作時只要幫助某人，也不會忘記傳教。

雖然繼續這麼做也可以……但是時候正式開始了。

「有難度呢。」

然而，札諾巴卻面有難色。

「……是錢嗎？」

「不，資金方面不用擔心。因為愛麗兒公主那邊提供了資金援助。在阿斯拉王國當地也準備了工房，生產上不成問題。可是有關商人方面，目前還沒有人選。」

「噢……」

這樣說來，我沒有考慮到賣家這個部分。

原本我是打算自己開店，但是目前的狀況實在讓我無暇顧及。

販售員……應該說，需要一個類似受僱的店長。

有經商才能的傢伙……我認識的人裡面沒有啊。完全沒有頭緒。

「可以麻煩愛麗兒那邊幫忙介紹嗎？」

「愛麗兒殿下最近也十分忙碌，畢竟加冕儀式已近在眼前。本王子認為不應該再麻煩她費心處理此事。」

「老是欠別人人情也不是好事嘛。」

總之先暫緩嗎？算了，不用操之過急。等茱麗成人之後再開始也不遲。

換句話說再等個五年也……啊，對了。

「札諾巴，你認為從現在開始的五年內，有可能教會茱麗經商的基礎知識嗎？」

「是有可能……但是，茱麗果然還是該當個創作者。至於負責賣場的人，本王子認為再買其他奴隸負責比較妥當。」

其他奴隸啊……

對經商有興趣，會讀寫，也懂得算術，而且人面越廣越好吧。要是本身受歡迎的話，對宣傳也會有幫助。

像這樣的奴隸…………嗯，完全，沒有頭緒！

怎麼可以交給那隻遭到詐欺，最後還變成奴隸的貓咪啊。

直接買新的還比較像樣。

「唔～……果然還是得等計畫訂定得更嚴謹一點再執行比較妥當啊。」

「您說得是。」

也對，這邊的計畫再多研究一下吧。

欲速則不達。

反正以前到現在都是慢條斯理地在進行。就當作得再花個十年，慢慢來吧。

「那麼，這件事下次再談……我們來聊聊如何該改良魔導鎧吧。」

「是，師傅。其實本王子已經構思好下個版本——」

所以——

在用餐結束之後，我們也持續開著有關研究的會議，然後就地解散。

魔導鎧的性能也有了些許提升。

在夕陽餘暉之中，我繞去教職員室，和吉納斯副校長打了聲招呼。

還有，因為在工作中的洛琪希身後轉來轉去，不僅被訓了一頓，還被叫去走廊上罰站。正當我為此感到沮喪時，諾倫剛好來歸還學生會室的鑰匙，於是我們久違地三個人一起回家。

「諾倫，今天上課教的有哪裡不懂嗎？」

「沒有，沒問題，洛琪希姊。一如往常教得淺顯易懂。」

洛琪希和諾倫在我的身旁愉快聊天。在我不知道的時候，她們倆已經變得相當要好。關係不像以前那般生硬。

「我認為自己有特別注意，但如果有不懂的地方請隨時告訴我。」

「到時再麻煩妳私下教我吧。」

「呵呵，我的私人教學可是很貴的喔。」

對話十分熱絡。我聽著她們兩人的聲音，保持著愉悅的心情回到家。

「我們回來了～」

我通過玄關後，向在庭院看著夕陽的塞妮絲和莉莉雅打了聲招呼。

「歡迎回來，各位。」

「……」

塞妮絲依舊看不出任何變化。感覺不管是往好方面想還是壞方面想，她已經處於穩定的狀態。記憶果然還沒有恢復吧。因為幾乎找不到方法，我現在也忙得無暇顧及此事。

最近，莉莉雅和希露菲好像也做了一些嘗試，只是苦無成果。

「我們回來了。」

「歡迎回來，魯迪、洛琪希……還有，諾倫。」

當我踏入家門，希露菲便從裡面走出來。在圍著圍裙的 My Honey 身後，露西踩著小碎步跟了過來。然後，突然奮力地衝了過來，飛撲到諾倫身上。

「諾姊！歡迎回來！」

「露西，我回來了～」

或許是習慣了吧，諾倫抱起露西撫摸她的頭。

露西笑容滿面，原來她喜歡諾倫嗎？可是一和我對上視線，卻像是要躲到諾倫臉的另一邊似的移動身體。

明明不用那麼討厭我啊……

「諾倫，今天是要在家過夜的日子嗎？」

「不是，只是我聽說莉妮亞學姊住在我們家，稍微來探望一下。」

「啊～……嗯。總之這其中有很多原因啦。大概就是因為魯迪出手幫她這樣。」

希露菲說著說著，深深地嘆了一口氣。這個嘆氣是什麼意思啊？

「又要增加了嗎？」

「唔～不清楚呢。莉妮亞雖然看起來那樣，但好像很喜歡魯迪，而且她又很有魅力……」

怎麼講得好像我會對莉妮亞出手。

的確，我承認那個貓女很有魅力。如果問我想不想在夜晚的床上跟她來一場摔角遊戲的話，想。

可是，一碼歸一碼。我也是有理性的好嗎？

「艾莉絲姊怎麼說？她沒有反對嗎？」

「她說這孩子是我的，不會交給魯迪。」

「啊，是這樣……」

話說回來，怎麼沒看到艾莉絲？

「希露菲，艾莉絲呢？」

「她帶雷歐去散步了喔。我明明說現在有孕在身叫她不要這麼做，但她就是聽不進去。白天也是，我注意到的時候她已經在揮劍了。就算某種程度上已經安定下來，但要是不小心流掉的話怎麼辦啊……」

艾莉絲依舊是老樣子。

不過，真的希望她可以克制一下，別再這樣衝來衝去跳來跳去。艾莉絲雖然很強，但肚子裡的小孩很弱。艾莉絲真的能把小孩好好生下來嗎？

真令人不安……

「啊，歡迎回家！」

聲音是從上面傳來的。仔細一看，發現愛夏正在樓梯上。

「嗳，大家，快看快看！」

愛夏很開心地招手要大家看二樓的深處。

從那裡出現的是一名女性，她穿著和愛夏相同設計的女僕服。

女性移動到樓梯的平台，輕快地轉了一圈。裙襬輕盈飛舞，可以窺見她健康的小腿肚。然後，她把手扠在腰上，擺出了猶如寫真女星的姿勢。

「喵哈～！」

是貓耳女僕。

「我試著把媽媽的舊衣服重新縫製，幫莉妮亞小姐做了一套衣服。如何，很可愛吧？」

的確很可愛。女性陣容也不禁為此感嘆。

是愛夏親手縫的嗎？

雖說是舊衣，但是看起來和新的沒兩樣。不過，布料本身看起來的確很舊。

「別說明天了，從今天開始就要讓妳好好工作嘍！」

「是，愛夏前輩，請多指教喵！」

「那先從料理開始！」

嬌小的愛夏帶著高大的莉妮亞領頭走在前面。兩個人意氣風發地通過我們旁邊，前往名為廚房的戰場。是說能看到愛夏這麼充滿幹勁的模樣，實在令人開心。

「怎麼說呢，莉妮亞學姊看起來真的很有精神呢……我以為她變成奴隸，應該會更失落才對。」

諾倫喃喃發表感想。

因為莉妮亞是笨蛋，也許是好了傷疤就忘了痛。

之後，我們全家人久違地一起用餐，然後和艾莉絲一起洗澡，確認肚子的大小。

在夜深之前和希露菲一起哄露西睡覺，洗完澡後教愛夏和諾倫魔術，與莉莉雅稍微聊了一下塞妮絲今後的事。

睡覺前瞪大眼睛觀察洛琪希餵菈菈母乳的美景。

最後，和希露菲相愛後就睡了。

是非常滿足的一天。

從明天開始，暫時要過著訓練的生活了。加油吧。

第五話「家庭崩壞的前兆」

從那之後經過了十天。

我一邊寄宿在本公司的事務所，一邊專心地修行。

奧爾斯帝德在的時候，早上是鍛鍊體力，中午是模擬戰，晚上會在事務所內上課，睡前則是打掃房間以及整理紙本資料，持續著這樣的規律生活。至於奧爾斯帝德外出不在的日子，我基本上會一個人進行訓練。穿上魔導鎧，持續練習奧爾斯帝德傳授的類似型那種套路，同時摸索如何連貫攻勢，直到筋疲力盡為止。

希露菲偶爾會拿便當過來，這時她會順便幫忙確認連貫攻勢是否可行，但今天只有我一個人。

令人驚訝的是，奧爾斯帝德教導我的這種型，好像是四百年前的龍神烏爾佩流傳下來的。

龍神烏爾佩這號人物，街頭巷尾俗稱他為「殺死魔神的三英雄」。

是佩爾基烏斯的同事。

據奧爾斯帝德所說，其實他是在歷代龍神之中，魔力總量「最少」的人物。

他在當時的龍神候補中被視為最弱，被說是最沒有資格繼承龍神之名的人。

而這樣的他，獨自開發出了一套嶄新的龍神流。

然後，他用那套龍神流漂亮地贏得了龍神的稱號，甚至還打倒了魔神拉普拉斯。

據說即使到了現在，他也依舊享有「歷代最強的天才」之名，是名偉大的人物。

烏爾佩的龍神流是極力避免使用體內的魔力，以最低限度的力量將對手逼上絕境的技巧。

奧爾斯帝德說他找到了烏爾佩留下的祕傳書，成功習得了他的戰鬥技術，以及最大奧義「龍聖鬥氣」。

不使用魔力，從這個角度思考的話似乎對我沒有必要，但是可以不做多餘動作，以最低限度的勞力將對手逼到絕境，這種想法才是重要。

況且，既然是將魔術和武術互相搭配的體術，想必與裝備魔導鎧的我十分合拍。

好啦，今天也要摸索連貫攻勢。

首先是岩砲彈（Stone Cannon）。要是我的岩砲彈直擊對手，就連奧爾斯帝德也會負傷。

威力極高，甚至足以匹敵劍神流的光之太刀。所以，我要以這招為主軸來串連攻勢。

然後是泥沼。或許是因為我不斷使用泥沼，這招在我的魔術之中的發動速度也是頂尖等級。將這招正確地設置在高速移動的對手腳邊。這樣一來，就能成為攻擊的起點。

再來是電擊（Electric）。和泥沼相較之下發動需要一點時間，但能夠貫穿鬥氣使對手麻痺的這個魔術非常有效。就算是泥沼不管用的對手，使用電擊就有辦法奏效，而這樣的情況想必也很多。所以把這招也當作起點，再不然就是試著接在泥沼後面使用吧。

一旦拖住敵人，就使用濃霧（Deep Mist）或是冰霜新星（Frost Nova）這種魔術瓦解對方的架式。

用於攻擊的招式，基本上只靠岩砲彈就行了吧。其他全部都用來阻止對手的行動，或是限制行動的牽制上面。

不論使用任何手段，都要把對方逼到無法迴避或是彈開攻擊的姿勢，接著再用岩砲彈給予致命一擊。

一旦成功套用這種模式，無論對手是誰，我的勝利幾乎都是無可動搖。

——至少奧爾斯帝德是這樣說的。

重要的是流程。

只要能建立好流程，就算對手做出了什麼奇特的動作，我也能即時對應。

泥沼↓對手的行動↓對應對手行動的魔術↓對手的下一步行動↓進一步對應對手行動的魔術。反覆這樣的流程，將對手逼到絕境，擊發岩砲彈。

嗯。說起來是很簡單。

實際上，劍士也有可能將魔術連同魔力一起砍斷，先發制人。輔助魔法也很有可能被無效化。這正是難題所在。

話說回來，奧爾斯帝德也教了我各種王級以上的魔術。

說是這麼說，成效卻不是很顯著。以結論來說，王級以上的攻擊魔術好像幾乎都是「將聖級為止的混合魔術重新變化」。

舉例來說，水帝級魔術「絕對零度(Absolute Zero)」。這是將「水蒸(Water Splash)」以及「冰結領域(Icicle Field)」的混合魔術「冰霜新星」以高威力、高速化擊出的魔術。

跳過「水蒸」會把周圍浸濕的這個步驟，一口氣將大範圍結凍，這就是「絕對零度」。

說穿了其實沒什麼大不了。

因為我已經會了，我早就學會了帝級魔術。

就是因為這樣，所以巴迪岡迪看到我的岩砲彈之後才會說「你可以自稱土帝級」吧。原本的話，其實並沒有將岩砲彈的威力提高的魔術，但原理是一樣的。

四種攻擊魔術都學到聖級的我，在某種意義上，算是學會了所有的攻擊魔術。

不過，神級恐怕連我也用不了。

要使用神級的魔術必須要有龐大的魔力，並能夠控制複雜的魔力，不僅詠唱冗長，好像還得搭配控制用的魔法陣才行。

奧爾斯帝德說過，那股威力甚至會改變世界的地形。

在這個世界上的奇妙地形，有一部分就是那種魔術遺留下來的痕跡。

說實話，我依舊不太會畫魔法陣，更何況那麼大規模的魔術就算不用也罷。

基礎、應用以及混合魔術。首先就是這些。

好好打穩基礎吧，該做的事情是一樣的。

「魯迪烏斯。」

當我正在進行魔術的特訓時，奧爾斯帝德回來了。

我馬上轉向奧爾斯帝德的方向，深深低頭。

「歡迎您回來！」

「嗯。」

看到社長來上班的話，低頭鞠躬便是員工的職責。

我邊擦去流下的汗水，邊把腰彎成四十五度持續鞠躬。雖說只有我一個人感覺有些冷清，但只要忍到克里夫的研究完成就行。要是有一天召募到大量社員，我想要讓他們在社長上班的時候一個一個低頭鞠躬。就算被說是黑心企業也在所不惜。

「有工作。」

奧爾斯帝德一開始也會對我說「正常一點」，但現在也已經習慣了。

「我要你三天後出發。現在開始說明內容。」

「謹遵您的吩咐！」

奧爾斯帝德直接對我下達了公司的命令。

看來下一份工作已經決定了。

「和平常一樣，雖說不是什麼重要的工作……你還是在這幾天內先和家人道別吧。」

「遵命！」

如此這般，我決定暫且返家一趟。

「啊，歡迎回來，老大……不對喵，主人。」

當我回到自家，貓耳女僕正跪在玄關前面。

在做什麼啊這傢伙？是幹了什麼好事嗎？

「我回來了，莉妮亞。妳在這種地方幹什麼啊？」

「嗚喵哈哈……我稍微犯了錯，被要求反省喵……」

莉妮亞的耳朵無力地垂著，以沮喪的語氣這樣說道。

「這樣啊。」

既然在反省就別管她吧。我經過她旁邊走進家裡。

「我回來了～」

此時，露西從通往客廳的門後探頭看著這邊。

唉，又要逃掉了嗎？本來我這樣想，她卻猛然從門後衝了出來。

她以小跑步的方式奔向我的腳邊。

「爸～爸！歡迎回家！」

怎麼回事？今天感覺很歡迎我。

「乖～我回來嘍，露西！」

我打算就這樣把她抱起來時，她卻躲到我屁股後面，緊緊抓著長袍不放。

是怎麼了？今天怎麼一反常態這麼靠近我。爸爸好開心。

「媽～媽！爸爸回來了～！」

「嗯，我聽見了～等我一下喔～」

「媽～媽～！」

希露菲的聲音從浴室那邊傳來。

是在洗澡嗎？還是在打掃浴室？露西後來又接連呼喚了幾次希露菲，不久後可能是覺得不耐煩，便放開我的長袍，朝浴室的方向小跑步衝了過去。

是出了什麼事嗎……

算了，沒必要過度思考。只是小孩子在做的事。可能是我平時靠過去讓她不耐煩，露西出於體貼，想說要偶爾獎勵我一下吧。

我一邊這樣想著，一邊在家裡面四處走動。

然後，在客廳發現了莅莅和雷歐。看起來睡得很熟。
今天看起來也很健康。
我接著直接移動到廚房，發現了正在處理食材的莉莉雅。
她的臉色看起來有些疲憊。是怎麼了嗎？
「莉莉雅小姐，我回來了。」
「歡迎回來，少爺。」
「妳是不是累了？」
「不會。」
莉莉雅雖然如此回應，但看起來卻是一臉疲憊。
「是不是該休息一下比較好？」
「這不是什麼大問題。」
「真的嗎？」
「是。」
既然本人都這麼說了，那好吧……但的確是給她添了不少麻煩。
「如果妳身體狀況不好的話，請不要客氣，要好好休息。」
「謝謝您的關心。不過，我真的沒有大礙。」
既然莉莉雅都這麼說了，就相信她吧。不過，既然不是身體方面，應該是精神方面吧。

也就是所謂的精神疲勞。

「發生了什麼事嗎？」

「……不久前，艾莉絲夫人去了學校一趟。」

「艾莉絲？去做什麼？」

「她說今天是要教諾倫小姐劍術的日子……」

教劍術……

真是個閒不下來的孕婦。難道艾莉絲想當老師嗎？

雖然我並不是反對，但還是希望她在懷孕時能稍微克制一點。會讓人很焦慮啊。

「真的是非常抱歉。包含我在內的所有人都試著阻止過了，但回過神來她已經外出……」

「噢，嗯。辛苦妳了。」

畢竟她是講不聽的孩子，想來莉莉雅也很累吧。

是不是該由我嚴格叮囑她一次比較好……只不過，我也不太清楚她肯不肯聽我的話。唔～

反正她連希露菲說的話也不聽，要是由很會說話的愛夏再三囑咐，艾莉絲應該也會接受吧。

「啊，話說，愛夏呢？」

我這樣詢問後，莉莉雅露出苦笑並如此回答：

「在後院。」

如莉莉雅所說，愛夏在後院。
她蹲坐在庭院的一角。
看起來肩膀正在微微顫抖。以愛夏來說很罕見，感覺毫無霸氣。
難道是在哭嗎？
「愛夏？」
「啊，哥哥……歡迎回來。」
轉過頭來的愛夏以平淡的聲音回應。
從臉上的表情來看，好像並不是在哭。
「唉……」
然而，她卻馬上嘆了口氣。
仔細一看，她單手拿著園藝用的鏟子，似乎正在庭園的一隅挖著洞。
洞裡面看起來散落著疑似陶瓷碎片的物品。
我對碎片上的花紋有印象。
仔細一看，還有把手的部分。我對這個把手也有印象。那和以前愛夏用自己的零用錢買來的時髦茶杯有著相同的花紋，相同的把手。
我記得她相當中意那個茶杯。
每次一定會用那個杯子喝茶。

記憶中我好像也曾經用過一次。記得當時她好像擺出非常開心的表情說「只有哥哥是特別的喔」還有「用好茶杯喝的茶味道也截然不同吧？」。老實說，我並不知道有哪裡不同，只記得愛夏看起來那麼開心，我也不由自主地覺得茶好像變好喝了。

然而，她很中意的那個杯子，現在卻變成了殘骸。

「那個啊，哥哥。」

愛夏用平常完全無法想像的低沉聲音說道。

「……怎……怎麼啦？」

這是怒氣。

愛夏正在無聲地憤怒。糟糕，是不是我做錯了什麼？

要道歉我當然願意，但還沒搞清楚是哪裡做錯就道歉，只不過是火上加油。

怎麼辦？原因是什麼？此時，愛夏以死魚般的眼神看著煩惱的我說道：

「那隻貓啊，可以扔掉嗎？」

「咦？」

那隻貓，是指哪隻貓？

不對，我想，八成是在玄關前面罰跪的那隻貓吧。

「啊，扔了也不太好呢。要不然賣給奴隸商人……不對，賣給艾莉絲姊的老家吧。我記得那裡願意出高價買下她對吧？雖然或許不願意出到一千五百枚阿斯拉金幣，但至少應該願意出一半吧？」

「等……等等。先冷靜下來吧。來，坐吧。」

我用土魔術做出椅子，邀愛夏坐下。

愛夏從洞裡取出一塊碎片並挺起身子。

接著，她把那塊碎片朝我的腳邊扔了過來。隨後重重地坐到椅子上。

「那個啊，雖然也不是什麼特別貴重的東西，但已經買不到了喔。畢竟製作者死了，當初買的那間店也倒了。」

「……不過有形之物嘛，總有一天會壞的，嗯。」

我也做了一張椅子，坐在愛夏前面。先稍微讓她冷靜一點吧。

「那種事我也知道。其實啊，就算是我也不會因為杯子破了就生氣啊。」

「嗯。」

總之，看來那個杯子百分之百是莉妮亞弄壞的。

然後，愛夏正為此感到生氣。

雖然她嘴上說不會因此生氣，但肯定已經到了怒不可抑的地步。

「只不過，我啊，覺得那隻貓不適合擔任我們家的女僕。洗碗的話會把餐具打破，打掃的話會把鏡子打破，洗衣服的話整張床單都會沾到毛。」

「一開始任誰都會失敗的。畢竟莉妮亞雖然看起來那樣，但也是名門的大小姐。」

「我就……！」

愛夏想要大聲地說什麼，但說到一半就把話吞了回去。「我就沒有失敗過」，或許她是想這麼說吧。

「……之前也是，在打掃客廳的時候，還差點把水潑到菈菈身上喔。」

「水潑到菈菈？為……為什麼會這樣？」

「因為她明明要打掃高的地方，卻只用單手提著水桶，另一隻手拿著抹布。然後就失去平衡差點摔下來……幸好是沒有出什麼大事。」

那隻貓竟然連怎麼打掃都不知道。

話說起來，以前曾經有一次進過那傢伙的房間，印象中確實是滿亂的。

「雖然那件事也不對，不過光是這樣我也不會說什麼。畢竟諾倫姊的話會更嚴重，記東西也很慢。」

「別若無其事地損諾倫啦。」

「損？……噢，不是，我沒有打算要說諾倫姊的壞話，總之，那隻貓也不是說記性不好。因為她不太會犯相同的失誤，不過啊……」

愛夏又再次嘆了口氣。

「那隻貓，都不會道歉耶。」

不會道歉嗎？這樣確實不好。

「哦？」

「就算搞砸了什麼，她也不會覺得羞愧，只會說什麼：『喵哈哈哈，抱歉抱歉，下次開始會注意的喵』……」

那姑且也算是道歉吧，只不過是對莉妮亞來說。

不過，所謂的道歉就是要傳達給對方才能算數。要是進一步踩到對方的地雷，根本算不上道歉。

「這樣的確不太好呢。」

「對吧？」

是我的話要原諒她也行，但愛夏是莉妮亞的上司。

這部分必須好好分清楚才行。

「所以啦，哥哥，開除她嘛？求求你哥哥。我已經受不了和那種人在一起了。」

愛夏會把一個人講得這麼難聽實在很少見。

想必她肚子裡累積了不少委屈。話雖如此，似乎也不是發生了什麼嚴重的大事。

像杯子這件事也只不過是導火線。

一件一件來看的話，肯定都是能笑著原諒的問題，但就是因為日積月累下來，才會讓愛夏講出這麼重的話。

嗯。說是這麼說……

「不，那傢伙的確有點容易得寸進尺，也有不對的地方。畢竟她現在的處境有點艱困，她有可能是為了要適應新環境，而故作開朗而已。或許只是因為這樣的舉動看在愛夏的眼裡，反而會覺得她沒有在反省。因為，她不是比較少犯相同的錯誤嗎？」

我認為莉妮亞也有以她自己的方式在努力。

人總是會在同樣的地方犯錯。可是，也有辦法減少犯錯的機率。

反省就是為此而存在。

如果她沒有再三發生嚴重的失誤，就可以說她確實有在反省。至少，在玄關前面看到的莉妮亞似乎有在反省。感覺得出來她很慚愧。

「騙人的。那隻貓肯定根本沒在反省。基本上態度就很奇怪了啊。她對洛琪希姊、艾莉絲姊和雷歐一臉卑躬屈膝的，卻很輕視希露菲姊……」

愛夏用力嘟起嘴巴這樣說道。真是頑固啊。

「她很輕視希露菲嗎？」

「怎麼說呢，態度比面對艾莉絲姊她們時更輕浮。偶爾還會叫她菲茲。」

雖說時間並不長，但她們在魔法大學是互相競爭的關係。某種意義上，希露菲和莉妮亞之間比較沒有那麼拘束。

「那肯定是因為希露菲和莉妮亞認識的時間比較久喔。」

「……那樣的話就算了，但我總覺得自從莉妮亞來了之後，家裡就有種奇怪的感覺。」

奇怪的感覺嗎？的確，不管是洛琪希來的時候，還是艾莉絲來的時候，印象中都不太會出現這樣的問題。

「總之，我會去要求莉妮亞在犯錯的時候得更誠懇地道歉。弄壞的東西就算到她的債務上。態度也得變得更加恭敬……所以，我希望妳能再觀察一陣子，可以嗎？」

「唔──」

愛夏依舊嘟著嘴巴，並閉著眼睛轉向旁邊。

從她會擺出這種態度來看，她只是想對這些事好好發個牢騷，或許已經沒有那麼生氣了。

「好嘛，拜託妳啦，愛夏。雖然是那種人，但也是哥哥的朋友啊。」

「…………好吧，這次就看在哥哥的份上原諒她。」

愛夏這樣說著，同時突然起身重新轉向我這。

「可是啊，哥哥，撇開我的感受不談，我覺得再這樣下去也不太好喔。」

愛夏這樣說完，便回到了家裡。

後來，我仔細地叮囑了莉妮亞這些話。

莉妮亞雖然回答「了解喵」，但態度實在很輕浮。

要是能改善就好了……

艾莉絲和洛琪希一起回來後，我也順便叮嚀她必須要減少激烈運動。艾莉絲雙手環胸，同時抿緊嘴巴說：「我知道了啦！」

不過那肯定是她不太明白的時候的「知道了」。

反正她起碼沒有拿著劍四處大鬧，希望等她肚子變得更大之後會自然地安分下來。

可是，果然還是很擔心。希望小孩子能牢牢抓緊，不要被甩出來。

既然是我和艾莉絲的小孩，一定可以的。加油啊。

或許是因為愛夏始終板著一張臉，晚餐的飯桌氣氛一直很凝重。

而且在吃完晚餐之後，希露菲也對「莉妮亞還沒有融入家裡」這件事私下向我道歉。雖然希露菲並沒有為此感到抱歉的理由。但她或許是覺得既然我把家裡的事託付給她，自然就有責任管好吧。

果然如同愛夏說的，再這樣下去似乎不太好。

在出發去工作之前，還是該想辦法做點什麼才好嗎？

還是說，應該要再稍微觀察一下狀況比較好呢？

唔嗯——

★ ★ ★

當天晚上。

希露菲和洛琪希兩個人都剛好那個來，所以我只好一個人睡覺。老實說，或許是因為度過了十天禁慾的修行生活，讓我有點慾火難耐。不過也是會有這種日子，所以我也乾脆放棄了。

此時，不知道是察覺到了我的性慾，或者說只是自己想做而已。

「魯迪烏斯。」

艾莉絲站在在通往寢室的房間等我。

她和平常一樣雙手環胸，腳張開到與肩同寬，有些隆起的小腹被睡衣包裹著。

她最近的睡衣應該都是穿保暖的類型，但今天卻很稀奇地穿了色色用的性感睡衣。

不行啊，這樣肚子會著涼的。

「做吧。」

「我不做。」

孩子很重要。我們家的規矩是懷孕中不做這檔事。

「可是，你想做對吧？我聽說了喔，希露菲和洛琪希今天都是不能做的日子。」

「今天就算了啦，我會忍耐的。」

「你是丈夫耶，根本沒有必要忍耐。」

艾莉絲這樣說完，便抓住我的手強行拉了過去。

她的力氣非常大，就像是用拖的一樣把我拉進寢室。

不妙。這樣下去會被牽著鼻子走。要是做過一次，就沒有辦法再踩煞車了。

這可不行。就算艾莉絲在懷孕期間也有在運動，這樣還是不行。

「呃，艾莉絲，不要吧。懷孕中這樣不好。要是小孩流產，我和艾莉絲都會後悔的。不好，這樣絕對不好。」

「那種事情我也知道。所以我平常也都有在留意啊。」

明明有在留意，卻還跑去學校，或是帶狗出去散步嗎？

算了，比起杵在原地不動，還是動一下比較好吧。可是，呃，只是和我的基準不同，這樣好嗎？是我太操心了嗎？

不對不對，這個和那個是兩回事。

「所以，你看！」

艾莉絲把我拉到了床邊，然後用力掀開床上的毛毯。

「…………喵……喵嗚……」

那張床上躺著莉妮亞。

她身上穿的疑似是艾莉絲的性感睡衣，以豔麗的打扮把身體縮在床上。

「如果我不行的話，抱莉妮亞就行了吧！」

「嗚喵……」

莉妮亞似乎已經做好覺悟，她以放棄的表情抬頭看著我。
睡衣相當輕薄，可以看得見胸部前端等部位。
她的腰身劃出美麗的曲線，肌肉起伏也相當得宜，腳的線條則是豐腴結實。
她的貓眼在黑暗中閃閃發亮。
我在感受到這些散發出來的誘人氣息前，只是傻眼地看著艾莉絲。
「這什麼鬼？」
「所以說，是莉妮亞！」
言下之意，是要我和莉妮亞上床對吧？
艾莉絲是這個意思？看起來很隨性，但其實嫉妒心很重，每當我和希露菲調情的時候就會一臉不滿的那個艾莉絲？
「那個啊，艾莉絲，這樣不算外遇嗎？」
「和奴隸做不算外遇。祖父大人和父親大人都是這樣說的。更何況我也會一起，不會有任何問題！」
紹羅斯、菲利普，你們給我來這裡跪一下。希爾達小姐，希爾達小姐在嗎？請妳稍微唸他們一下啦。這對父子竟然教女兒這種奇怪的事耶！
「啊啊，大森林的爸爸、媽媽……可憐的我今天就要以奴隸身分成為洩慾的工具喵……」
莉妮亞小聲地嘀咕，然後向著某種東西祈禱。

她果然很討厭吧。還是該阻止這種行為才對。

沒有必要讓她去配合艾莉絲任性的行為。

「還有普露塞娜……我就搶先一步了喵。是我贏了喵，活該喵。」

不，其實她說不定沒那麼討厭。既然是你情我願應該沒關係吧？

「莉妮亞。」

「喵……！」

我向她搭話並伸出手後，莉妮亞用力地抖了一下。

雖然身體很僵硬，但卻沒有逃跑。

我把手順著大腿，往上撫摸屁股。儘管身上的肌肉就像肉食動物般富有彈性，但該軟的地方卻很柔軟。我把手繞到背後，撫摸她的腰。這邊也有曼妙的曲線，實在非常妖豔。

「我……我是第一次喵，希望能溫柔點喵……」

「…………」

「不……不說話很嚇人的喵……嗯哼，我滾喵～開玩笑的喵……喵啊啊！」

我使勁直接把莉妮亞抬了起來。

就這樣以公主抱的姿勢穿過寢室。移動到隔壁的房間，並再次穿越。接著用腳轉開門把，再一腳踹開。此時呈現在眼前的，是又暗又冷的走廊。

我在那裡把莉妮亞直接扔到地上。

「喵啊！」

接著，在屁股著地的莉妮亞面前把門關上。

也順便上鎖。呼，這樣一來就安心了。邪惡已離我遠去。

「等等──老大，這樣會不會太過分了喵！」

我什麼都聽不見。誘惑我的貓妖已經不在了。我守住了我的貞操。

「等一下，魯迪烏斯！你在做什麼啊！」

雖然艾莉絲從後面走過來追問我，不過，小意思。

「艾莉絲，妳不要誤會了。我想抱的是妳，根本不需要那隻貓。」

「是……是嗎……？那、那樣也好啦，不過在孩子出生前不可以喔。」

「嗯，那是當然。」

就像這樣。

「老大，開門啊──！再這樣下去我少女的自尊就要碎滿地了喵！」

門正被使勁地敲打。但是，無須在意。

那是不存在的東西，嗯。

「老大──求求你喵──！我不想再被愛夏那樣嘮嘮叨叨地唸個不停了喵──！」

我這樣想的時候，莉妮亞開始大叫。

既然莉妮亞本人也講出這種話，表示她們倆的個性果然不合嗎？

前幾天愛夏幫莉妮亞縫女僕服，我還以為她們可以處得很好的說……

「至少讓我成為小三，我想提升自己的地位喵！就算只有肉體關係也可以，拜託喵——！真的！我根本沒想過要是運氣好懷了孩子，就能當上第四夫人讓債務不了了之喵！」

是說，原來妳還打著這種如意算盤啊？

不過也對，也是可以理解。畢竟她的債務過於龐大，要還清實在得花太多時間。

話雖如此，我也不打算把莉妮亞當成性奴隸看待。

要說不想做色色的事情當然是騙人的。但是，我和莉妮亞是朋友。

我想跟她維持在朋友關係。

更何況我現在也有兩個女兒，再說，早上才剛講過那種話，現在馬上就和莉妮亞上床，愛夏肯定會生氣，洛琪希和希露菲也不會給我好臉色。

若是因為一時色欲薰心而做出不忠的舉動，會帶來家庭崩壞的危機。

我必須守護好家人。

「嗚哇——！啊——！啊——！」

此時，從家裡的某處傳來了哭聲。莉妮亞的聲音似乎把菈菈吵醒了。該怎麼辦？總之應該先把門打開，讓莉妮亞閉嘴嗎？

正當我陷入猶豫的那一瞬間，聽見門被「砰」地一聲用力打開。

「喂！莉妮亞，以為現在都幾點了！妳把露西和菈菈都吵起來了啦！」

「哇喵！菲茲！對……對不起喵，我沒有惡意喵！」

「別叫我菲茲，要叫希露菲！總之已經很晚了，安靜一點嘛！」

「是……是的……」

希露菲的一聲怒吼，讓莉妮亞安靜了下來。過了一會兒，便聽見了她拖著腳不知道移動到哪的聲音。

恐怕是回到自己的床所在的艾莉絲的房間吧。

雖然有段時間還能聽到莅莅的哭聲，但那也很快就安靜下來了。

夜晚暫且恢復了平靜。

不過，莉妮亞也很可憐。

雖說有一半是咎由自取，但是借了錢，被養在我家又沒有還清的可能。工作始終做不好，和女僕上司愛夏也處得不是很好，打算至少出賣身體討主人歡心，卻也遭到拒絕……說不定她現在哭得枕頭都濕得一塌糊塗了。

況且，現在家裡感覺瀰漫著一股不舒服的氣氛。

愛夏整個人愁眉苦臉，莉莉雅好像也很疲憊，也好久沒聽到希露菲像剛剛那樣怒吼，莅莅也大哭了一場。艾莉絲之所以會去學校，提出剛才那種提案，說不定是因為她感受到了家裡的氣氛。

儘管行動本身不像是有徹底了解這個氣氛，但她也以自己的方法在關心這個家。

不管怎樣，已經開始出現摩擦了。

最要不得的，就是身為元凶的莉妮亞好像還沒有察覺到這點。她應該不是這種不看場合的傢伙啊……果然是因為背負龐大債務，不僅淪為奴隸還差點被賣掉，導致她的情緒變得很不穩定吧。

那麼……買下莉妮亞的我就得負起責任才行。

總之，明天先幫莉妮亞找找看女僕以外的工作吧。

第六話「創業」

不能把莉妮亞放在家裡。

不僅家裡的氣氛會變差，要是她繼續勾引我，總有一天我也會把持不住。

要是置之不理會導致妻離子散，如果輸給誘惑而搞外遇，希露菲會帶著露西離家出走，到時候難保不會演變成像那本日記上的結局。

那麼當然要在事前迴避。

如此這般，我決定讓莉妮亞去找別的工作。

當然，我也有想過把債務一筆勾銷後把她趕走，但就算是朋友，也有條不能跨越的界線。得讓她還清在這個社會普遍被稱為「鉅款」的金額。要是對這部分妥協的話，對我本身也不是好事。

好啦，關鍵在莉妮亞的工作……老實說，我完全想不到她能做什麼。

她會使用魔術，也能夠戰鬥。然而，如果要償還一千五百枚金幣的債務，一時半刻也想不到有什麼工作。

我也試著思考過各式各樣的方案。

第一個方法，讓她去幫忙克里夫和札諾巴的研究，藉此賺取報酬。起初我覺得既然莉妮亞成績優秀，說不定會派上什麼用場。

但是，立刻就想到她的個性不適合做研究所以作罷。像那種土法煉鋼的作業並不適合莉妮亞。還有，雖然我覺得不可能，但是克里夫才剛生小孩，把這種可能會誘惑男人的傢伙推給他也令人不太放心。

再來，是讓她擔任買賣瑞傑路德人偶的負責人……是有浮現這個想法，但馬上就放棄了。

我不想交給剛開始做生意就立刻借錢弄得血本無歸的傢伙。

也有想過讓她在魔法大學當諾倫專屬的女僕，但這也馬上否決了。

畢竟諾倫不喜歡這種事，感覺多半會變成和這次類似的結果收場。

讓她去當冒險者上繳報酬。

這種方案看起來可行，但冒險者並不是那麼賺錢的行業。更何況莉妮亞也沒有冒險者的資格，要等到能賺上大錢也得花上時間，而且也有可能在那之前就死了。

不管選擇其中的哪一種方案，也很令人懷疑這樣究竟能不能賺到一千五百枚金幣。

但是，光憑想像就妄下定論認為「辦不到」，確實是言之過早。

搞不好在剛才列舉的工作之中，其實有意外適合她的。抱著這種想法的我，決定把莉妮亞帶到學校。

莉妮亞打扮成女僕模樣。

進入學校的校地後，她就站到我的前面，開始意氣風發地驅趕學生。

「喂喂喂，龍頭老大要通過了喵！不讓路的話就踩扁你們喵！」

不管從哪裡怎麼看都是小混混。

「大姊好！好久不見了！」

「大姊好！」

本來我想要阻止，但獸族男子們卻很開心地來打招呼，所以我決定先觀望看看。

莉妮亞畢業後已過了兩年，但在校生裡面還是有很多人認識莉妮亞。

最高年級的學生裡，或許有莉妮亞還稱霸著這所學校時的部下。

從這些人之中，應該能找到一些有關工作的線索吧。

「莉妮亞學姊！好久不見！」

當我在腦內這樣盤算時，其中一人靠了過來。

這傢伙是誰來著？以前好像有介紹給我認識。是在二年級的時候。雖然想不起名字，就是那個曾是一號生領頭的傢伙。

「哦，是你啊。有打起精神來嗎喵？」

「是！」

「很好，繼續保持下去喵。」

「是——！」

莉妮亞看起來實在偉大。明明打扮成女僕。明明欠了一屁股債。

「話說，莉妮亞學姊，這樣好嗎？」

「嗯？什喵意思？」

「妳現在的狀況，我聽說了喔。妳好像被學生會會長的大哥當成奴隸了。」

「算是啦喵。稍微出了點錯就落得這個下場了喵。可是成為強者的部下，也是獸族的理想喵，沒什麼不好的喵。」

看到莉妮亞自豪地這樣說道，學弟嘆了一口氣。

「…………老實說，我幻滅了。」

「什喵？」

「畢業前的莉妮亞學姊，明明一直都還有從魯迪烏斯和愛麗兒手中奪回這學校頂點的氣慨，現在的莉妮亞學姊……根本就是隻被飼養的貓啊！」

莉妮亞聽到這番話，愣了幾秒。

然後，她露出牙齒生氣……原本以為是這樣，但她卻輕笑一聲。

「的確，現在的我相當落魄。但是你看著喵，總有一天，我絕對會成功以下克上喵。」

「以下克上嗎？」

「沒錯喵。要以下克上奪回頂點，不先屈居在別人底下是不行的喵……」

莉妮亞這樣說完，學弟露出感慨萬千的表情，像是恍然大悟般看著莉妮亞。

「莉妮亞學姊果然厲害！我完全沒想到這一點！」

「哎，畢竟這裡不一樣喵。」

莉妮亞敲了敲額頭，一臉自豪地說道。

後來，學弟以尊敬的眼神望著莉妮亞，並不斷送上讚賞，隨後便回到了自己的教室。算了，感情好是件好事。

「……」

我走在前往研究樓的路上。

路上有許多人不停向莉妮亞打招呼，不過走進研究樓後，行人頓時變少，不再有人來問候。

當我們走在靜謐的校舍內，莉妮亞輕快地轉身面向我。

「老大，雖然我剛才說了那些話，但那都只是場面話喵。」
「剛才那些話？」
莉妮亞一邊搓著手一邊往我這靠了過來。
「就是以下克上那件事喵。剛才是因為面子問題才那樣說，我可沒有打算違逆老大喲。」
「這樣啊。」
以莉妮亞的個性來看，我想那才是真心話。
從語尾奇怪的這點來想，現在像這樣說的才是場面話，剛才的才是真心話。
「妳想要向上爬是沒有關係，但是可別打算恩將仇報喔。」
「那是當然的喵，要是老大覺得我在說謊，現在就去那邊的空教室證明也可以喵，希望你溫柔對待我喵，嗯哼～」
嗯哼什麼啊。
啊，她說的以下克上，難道不是指「在我之上」，而是「以我的部下之中的最高地位為目標」嗎？她想和我擁有肉體關係，得到比希露菲、洛琪希以及艾莉絲這三巨頭更多的寵愛，成為地位最高的老婆。
實在狡猾……！這傢伙，其實是人神送來要讓我的家庭破碎的刺客吧。
「……我問妳，這幾年，妳在夢中有被自稱是神的傢伙傳達過神諭嗎？」
「突然怎麼了喵？夢裡的神諭？我不太有印象喵……」

「隱瞞對妳可沒有好處喔。」

我試著以威脅性的口吻說道。因為龍神法官可是說「有嫌疑就殺掉」。

雖然我沒那麼蠻不講理就是了。

「昨……昨天夢到的是……從天空掉下來好多魚的夢喵……在那之前的，呃，不太記得了喵……」

竟然給我作那麼幸福的夢。

肯定是每接到一條魚就會加分，收集到一百條就會補一條命。

只不過，要小心偶爾混進來的啞鈴。

總之，她姑且不是人神的使徒……應該。我是人神的話，才不會去利用這種頻頻出狀況的傢伙。

「……算了。不過要是妳夢見那種內容，記得要馬上告訴我。」

「是的喵。」

我嘆了一口氣，決定先前往札諾巴的所在處。

「啊，師傅……唔！」

我到了札諾巴這邊後，他在看到莉妮亞的瞬間便立刻皺起眉頭。

「……久違了呢。」

「噢，札諾巴，好久不見喵。」

札諾巴邊流著冷汗，同時環顧房間。

「失禮，本王子得稍微整理一下，請在此稍待片刻。」

然後，他開始急急忙忙地將視線所及之處的人偶一個接一個收進箱子。從很重要的人偶，到看起來不耐撞的人偶都是。茱麗雖然正在幫瑞傑路德的人偶上色，但上到一半便模仿起來，開始收拾自己的桌子周圍。

「嗯，這樣應該可以了吧。那麼，到那邊來談吧。」

札諾巴指著離作業區稍稍有些距離的桌子。

然後馬上制止離開工作桌，打算緩緩移動過來的茱麗。

「茱麗，妳繼續作業。」

「是，Master。」

我、莉妮亞以及札諾巴三人在位子上坐下。

但是，札諾巴似乎還無法安心，決定向待在房間角落的金潔搭話。

「金潔。」

「是！」

只是叫了一聲名字，她就像是要守護作業區一樣，站到了作業區和桌子中間。

「那麼，師傅。」

這時，札諾巴以鄭重其事的感覺望向這邊。

「請問您今天有何貴幹呢？」

札諾巴不時偷瞄莉妮亞那邊，同時開口提問。

他的戒心相當深。儘管嘴上沒說出來，但他或許很不喜歡讓莉妮亞進來這裡。對他真是抱歉。

「不，其實也沒什麼事。」

「唔嗯。」

這樣一來，也不可能讓她在札諾巴這邊幫忙研究。

如我所料……不對，他們兩個比我想像中還要合不來。

至於原因，可能是出在莉妮亞她們以前弄壞過札諾巴的人偶吧。

破壞物品這類的霸凌行為會在心裡留下傷痕。雖然不是霸凌，但愛夏之所以會達到忍耐的極限，契機似乎也是因為杯子被弄壞。

札諾巴表面上雖然滿不在乎，但要是我現在提議讓莉妮亞幫忙的話，他肯定會擺出臭臉。

「話說師傅，請問您為何要帶莉妮亞來此？本王子收到小道消息，聽說她成為了師傅所屬的侍女……」

「這個嘛，因為發生了許多事情。現在正在幫她找工作。」

「是這樣啊，呃……」

札諾巴的視線開始游移。應該說，他的表情就像是在表示他很清楚我要幫莉妮亞找什麼工作，但要是我把莉妮亞推給他，肯定會很厭惡。

放心吧。我會好好帶她回去。

不過話又說回來，像這種時候，過去所犯的惡行總是會形影不離呢。

「算了，一事歸一事。我們先來聊聊研究的事吧。」

「喔喔，說得也是啊！」

我向札諾巴暗示不打算把這件事推給他，接著他便一如往常，開心地聊起魔導鎧的話題。

午餐在餐廳解決了。

無視在角落默默用餐的我，莉妮亞的身旁聚集了人潮。

「喵哈哈哈！然後我就說了喵，普露塞娜，妳該不會是變胖了喵……像這樣喵。」

「不愧是莉妮亞小姐！」

「能對那個普露塞娜小姐用這種口氣說話，真是威爆了！」

愛麗兒在的時候沒注意到，但莉妮亞也擁有某種領袖魅力。

不良的領袖魅力。那傢伙的周圍會自然而然地聚集品行不良的傢伙。

只要利用這點，應該也有她能辦到的事情才對。不過聚集人的工作……唔～

算了，總之也去克里夫那邊碰碰運氣吧。

直接說結論，克里夫那邊果然也不行。

雖說似乎有派得上用場的地方，但克里夫和札諾巴一樣，好像都不擅長應付莉妮亞，不想把她留在自己身邊。說實在的，就算幫忙克里夫進行研究，也沒有什麼指望還清債務。畢竟他並非有什麼資本力。好啦，該怎麼辦呢？

「讓她幫忙你自己的工作不就得了嗎？」

試著詢問克里夫的意見後，他給了這樣的回答。

說到我的工作，是指把世界從人神的魔掌中，替換到奧爾斯帝德的魔掌中而做事前準備這件事嗎？但是，這樣會有問題。

「要是奧爾斯帝德大人身上沒有詛咒，我的確會打算這麼做。」

「那個詛咒只要不直接看到魔力就沒關係。所以，別讓她跟奧爾斯帝德碰面就好。」

這樣啊，原來如此……不，不行。

「在同一間事務所工作的話，總有一天還是會見到面吧。」

「是嗎……也對。況且如果是獸族的話，或許就連氣味都會受到詛咒的影響……」

氣味也會受詛咒的影響？什麼意思？有點激起我的興致了。

「你的意思是，獸族會用鼻子聞魔力嗎？」

「嗯，雖然還沒有確切證據，但我認為也有這種可能性……既然莉妮亞在的話，去確認看看或許也不壞。如何？」

氣味也是詛咒的源頭。既然這樣的話，就必須研究如何抑止奧爾斯帝德身上的味道。假如這個說法正確，要完全消除詛咒就勢必要除臭。也必須要確認是否能用香水之類來覆蓋過去。用花香把氣味和詛咒同時蓋過。

把會發出芬芳香味的頭盔蓋在頭上的奧爾斯帝德……唔，相當獵奇。

「那麼，要朝這個方向稍微調查看看嗎？」

「嗯，也好。不過，可以的話最好還是找亞德路迪亞族。聽說他們的鼻子比較靈敏。」

比起貓，狗的鼻子更靈啊。話說回來，不知道普露塞娜現在在做什麼。是不是已經當上族長了呢？

「嗅覺的敏銳度嗎……不過，這樣一來不只是獸族，或許將各式各樣的種族都調查一下比較好。」

據說人和其他生物相較之下，能辨識的顏色數量有所不同。儘管在這個世界被稱為「人」的生物並沒有明顯差異。不過還是有「能看見魔力的魔眼」這種東西存在。說不定在調查每個種族的差異時，能進一步發現「這個粒子就是詛咒的原因！」。

「……也對，可是我們雖然會直接統稱為獸族或是魔族，但其中也包含了各式各樣的種族。要收集可是很費工夫的。」

「說得也是呢……」

在這個魔法都市夏利亞有著各式各樣的種族。因為魔法大學對任何種族都是來者不拒。但是，並非隨時都能湊齊所有的種族。

更替的頻率也很頻繁。

接下來得把那些稀有種族集合起來，一個個進行驗證，再整理起來找出原因。

感覺工程十分浩大啊。然而，研究就是這麼一回事。暴力破解法才是基本。

「總之，首先要從聚集人群開始呢。」

「是啊，但話雖如此，我現在不好隨意行動，也不擅長召集人群。」

畢竟克里夫的社交能力不太好。

雖然我也沒資格說別人。

「擁有人望，就算什麼都不做也能聚集人群的人物……嗎？」

我和克里夫的視線，自然而然地投向莉妮亞的方向。

要是只限定品行不良的傢伙，她的身邊確實能聚集到人群。而且，人潮聚集的地方將會吸引更多人群。比起只收集必要的東西，基數更大的話，以結果來說更容易抓到癢處。

當然，這樣相對地也會產生更多問題。

人群聚集在一起就會變成危險的存在。單純聚集在一起就會讓聲勢壯大，因此經常會聽到集團犯下一個人時不會染指的惡行。沒有領袖的集團和暴徒別無二致。

但是，從前莉妮亞馴服了那群不良分子，讓他們聽命行事。應該能期待她在聚集人群後也能發揮出領導能力。

「怎……怎麼了喵……你……你們兩個想一起上嗎喵？」

原本她正待在房間的角落悠閒地打著哈欠，但感覺到視線後身子猛然一震。

不過該怎麼聚集人群？莉妮亞的話就算什麼都不做也會聚集人群，但還是做點什麼才會更容易集合起來。

一群人聚在一起的理由……果然是錢吧。人會聚集在容易賺錢的地方。舉辦提供獎金的活動……不，只是一時集合在一起沒有意義。

這樣的話，果然還是得做生意嗎？

就算要做生意，不管怎樣還是需要本金。那筆本金就由我的錢來出資……總覺得好像本末倒置，但只要想成是投資就好了。

啊！

對了，讓聚集起來的傢伙替奧爾斯帝德，簡單說就是幫我工作就行了。

仔細想想，我也曾覺得一個人做起來有點吃力。如果有能夠提供支援的組織，對我來說不是求之不得嗎？不光只是從旁協助。要是能讓他們承接簡單的工作，一次就能救三個人、四個人，甚至更多的人。然後，這麼做會讓未來的奧爾斯帝德更加輕鬆。

當然，這些人也有可能被人神挖角，所以不能把重要的工作交給他們。

但是，如果是有奧爾斯帝德作後盾的我在背後操控組織，說不定人神也無法輕易出手。

不過，沒有工作時該怎麼辦？

就算增加一群吃閒飯的也沒什麼意思。還是給每個人都派一份工作吧。

工作……該做什麼好呢？果然還是派遣人才那種……不對，錢的話奧爾斯帝德已經有了。

以綜合商社的形式資助有才能的傢伙，再派去嘗試各式各樣的工作或許也不錯。

但是，莉妮亞有辦法管理這些人嗎？沒辦法吧，最好找個人來協助她。擅長數字方面的人物……我有頭緒。順便也把那件事講一下好了。

好。

「莉妮亞。」

「什……什喵……？」

「接下來，要讓妳去召集人群。」

「召集之後要做什麼喵？」

「這個嘛，讓合得來的傢伙彼此一組，不管是做買賣也好當傭兵也好，什麼都讓他們嘗試看看。」

「錢……錢要怎麼辦喵？」

「資金由我出。可是妳要向成功的傢伙要求抽成，接著妳再從抽成的部分拿出幾成給我來償還債務。」

不夠的部分，就向奧爾斯帝德說明緣由麻煩他出資吧。

根據到時的狀況，或許還得拜託愛麗兒信用金庫贊助。
「……？知……知道了喵，那場所之類的該怎麼辦喵？」
「這部分也從現在開始準備吧。」
「現在開始……這麼漫無計畫，真的能夠順利嗎喵？」
莉妮亞擺出了似懂非懂的表情。
當然，就算是我也不認為剛起步就能一帆風順。一開始聚集的大概十個人左右……恐怕只有獸族吧。可是就算人數不多，只要能靈活運用應該就能產生利益。如果運氣好有個擁有商業才能的傢伙，就試著讓他去販賣瑞傑路德人偶也未嘗不可。
「會不會順利，不試試看怎麼知道呢。」
「我倒是希望不要再繼續增加債務了喵……」
莉妮亞似乎很不安。
曾經失敗過一次果然有很大的影響吧。
但是，也不能讓她就這樣按部就班地賺錢，一輩子當我的奴隸。假如這種狀況持續下去，我的家庭肯定會分崩離析。要是演變成那種狀況，說不定我又得走上開發時空旅行魔術的這條路。
「……為了不變成那樣，妳就加油吧。」
「嗚嗚……」

莉妮亞雖然好像還有些不能接受，但最後還是點頭答應了。

★★★

之後，我們在歸途中繞去了不動產店，購入了一間充當事務所的建築物。

大小是小屋水準，地點也不佳。只不過作為臨時據點來說，想必還是有屋頂的建築物比較妥當。價格很合理。這筆錢打算從經費裡扣除。

現在正交給愛夏打掃那裡。

「總之，先以這裡作為據點吧。」

「知道了喵。」

要是能趁早找到本公司的職員就好了。

這個職員要願意整理文件並處理事務。由於一旦受到奧爾斯帝德的詛咒影響就有可能得解僱，不管怎麼樣都得視為免洗員工。

「這些就是目前的資金。」

總之，我先把相當於十枚阿斯拉金幣的錢交給莉妮亞。要在拉諾亞王國創業的話，想必這個金額已十分足夠。

「喔……喔喔……要……要給我這麼多喵？」

莉妮亞看到錢後眼睛就亮了起來。

俗話說給貓小判。小判雖然很貴重，但是給不懂價值的生物看也沒有意義。（註：小判是江戶時代的金幣，意思類似對牛彈琴）

但是，若是貓看出了小判的價值，由於貓這種生物壽命短暫，會把錢花得像流水一樣，所以絕不可以交給貓。

這句諺語有著這種教訓的含意。大概。

「嘿……嘿嘿嘿，老大，包在我身上喵。要是有這麼多資本，絕對不會失敗的喵，這次一定，這次一定會順利的喵……」

莉妮亞的眼睛變成$的符號。

實在很不安。把這麼多錢交給這傢伙還是不太好。

我之後還得繼續從事奧爾斯帝德交待的工作，回來後說不定會發現借款膨脹成兩倍，莉妮亞已經被困在地底下轉著齒輪之類。

或者是被艾莉絲之類的正式飼養，戴上了項圈和繩子也說不定。

但是，我已經想到迴避這結局的主意。

「哥哥，我打掃完了喔。」

就是她。輪到愛夏出場了。

「愛夏，有件事想拜託妳。」

「……什麼事？」

我這樣說完，愛夏露出不滿的神情抬頭看著我的臉。

她之所以會板著一張臉，或許是對前幾天那件事還心存芥蒂。

「我希望妳能監視莉妮亞。盯著她別讓她亂花錢，還有，為了不讓她捅出大漏子，希望妳能從旁協助她。」

「……我還有家裡的工作喔。」

「不需要隨時盯著她。只要隔幾天一次就行。」

「這件事，我無論如何都非做不可嗎？」

她不時瞄向莉妮亞的方向。畢竟有前幾天那件事，想必愛夏並不想和莉妮亞一起工作。看到她這樣的態度，我也開始擔心莉妮亞是不是真的能召集到人群……不過沒事的，大王花也會吸引昆蟲。

好啦，愛夏雖然很不情願，但我會拜託她是有理由的。

「當然不是非得這麼做不可，但我認為最好交給妳來做。」

「為什麼？因為當初說要讓莉妮亞當女僕的人是我嗎？還是說，是因為讓家裡的氣氛變糟糕的人是我？」

看到愛夏擺出賭氣的態度，我蹲下來平視她的眼睛。

平常總是會馬上和我對上視線的愛夏，今天卻別向旁邊。

「不是那樣的。」

「……」

「只是……妳在發現莉妮亞老是搞砸事情的時候，打算馬上切割她對吧？」

「因為……她真的派不上用場，要趁傷害繼續擴大之前……」

我用眼角餘光瞄到莉妮亞露出受傷的表情，不過先不管她。

「可是，反過來說的話，也可以說是因為妳沒有好好激發出莉妮亞的能力。」

「……嗯。畢竟教她工作的人是我，是這樣沒錯。」

「換句話說，妳失敗了。」

愛夏一臉驚愕地看著我。

她的臉上寫著不滿。那眼神就像是在說「我才沒有失敗」。或許是我的講法有點不妥。

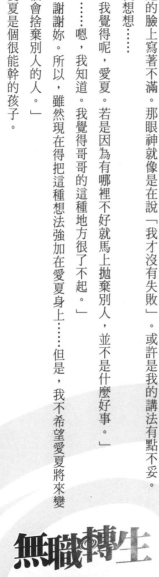

我想想……

「我覺得呢，愛夏。若是因為有哪裡不好就馬上拋棄別人，並不是什麼好事。」

「……嗯，我知道。我覺得哥哥的這種地方很了不起。」

「謝謝妳。所以，雖然現在得把這種想法強加在愛夏身上……但是，我不希望愛夏將來變成一個會捨棄別人的人。」

愛夏是個很能幹的孩子。

簡而言之就是天才型，不管做什麼都能做得很好。可是也正因為如此，讓她有時無法體會做不到的人有什麼樣的心情。

日記上雖然寫到她直到死前都陪在我的身邊，但未來已經改變了。

說不定，愛夏將來也會離開家裡，到某個地方就職。

雖然我認為愛夏會做得很好，但因為她會馬上切割比自己還差勁的人，會被視為討人厭的傢伙而遭到周圍疏遠。

到頭來或許會被人排擠，或是受到某人陷害。

在演變成那樣之前，我希望愛夏能學會「某些東西」。

我雖然也不是很清楚「某些東西」具體來說到底是什麼……但簡而言之，是種不和人相處就不明白的東西。

「妳願意再一次，和莉妮亞站在相同立場，從零開始試看看嗎？」

「……」

愛夏來回看著我和莉妮亞。

然後，閉上眼睛。一秒，兩秒。她一語不發，像是在思考著什麼。

「那是為了我好嗎？」

「我是這麼認為……但老實說，也有一部分是因為要是妳肯從旁協助，就有辦法迴避最糟糕的狀況。」

「是嗎，謝謝哥哥老實跟我說。」

愛夏睜開眼睛，然後用不安的眼神看著我。

「哥哥，要是我現在拒絕，你會討厭我嗎？」

「不會喔，如果妳無論如何都不願意的話，那也沒關係。」

「……」

愛夏以有點戰戰兢兢的感覺，朝著我伸出雙手。當我把雙手打開，她的手就環繞到背後，緊緊地抱住了我。

「我知道了，既然哥哥都這麼說了，我會努力試試看。」

「嗯。」

我也覺得自己講的話好像很了不起。

可是，我並沒有弄錯。這樣應該是好事。讓愛夏和莉妮亞一起從事新的工作，她應該也能從中學到什麼才對。或許會學到我預期之外的事物，但那樣應該也沒問題。

我是這麼希望。

……話說回來，一陣子沒看到愛夏，她胸部變大了啊。

這樣應該有D罩杯左右了吧？

明明個子很矮胸部卻很大。這就是所謂的童顏巨乳吧。要是再過一陣子就會和莉莉雅一樣大了嗎？不，這根本無所謂。反正是妹妹的胸部。

「哥哥，謝謝你。」

「不會，妳願意老實答應我的請求，我才要謝謝你。」

「我啊，不管哥哥說什麼我都願意聽喔。」

愛夏露出了促狹的笑容，然後放開了我。那是一如往常的笑容。

愛夏保持著那張笑臉重新面向莉妮亞，並向她伸出手。

「就是這麼一回事，一起努力吧！」

「好的喵！」

兩個人緊緊握手。以上司和部下的關係來說，這兩個人處得並不好。希望她們這次能盡釋前嫌，好好加油。

最後，我把計畫的概要和將來的理想願景告訴愛夏，便就地解散。

總之，我還是先祈禱下次回來時不會變得一團糟吧。

第七話「社內投資」

泥沼之塔，最上層。剛滿十五歲的少年騎士里恩哈爾特正邊喘著大氣邊握著劍。

「呼……呼……」

「哼哼哼，怎麼啦，勇者啊，這樣就結束了嗎？」

站在他眼前的，是一名身穿鼠灰色長袍，以詭異的白色面具遮住臉的詭異男子。

「憑你這點實力，就想打敗我這個邪惡的大魔術師魯迪……不對，魯德．洛奴曼嗎！」

「可……可惡！」

里恩哈爾特緊握住劍，拖著沉重的步伐拚命地往前進，釋放出一道斬擊。

然而魯德．洛奴曼卻像是嘲笑他一般輕鬆迴避，同時朝著里恩哈爾特舉起右手。

下一瞬間，一道看不見的衝擊波襲來，震飛里恩哈爾特。

「咕哇啊啊！」

「啊啊！里恩哈爾特！」

發出悲痛慘叫的，是被鎖鍊綁在房間角落的女性。

這名女性身穿輕薄的桃色禮服，頭上戴著銀色王冠，看起來楚楚可憐。

她正是位於北方大地的小國托瓦爾的公主——葛爾特勞蒂。

「公主，請您放心，我現在立刻打倒這個變態！讓我們一起回國吧……！」

里恩哈爾特受到聲援的激勵，撐著不穩的雙腳挺起身子，努力地對葛爾特勞蒂擠出微笑。

此時感到慌張的是魯德．洛奴曼。

「等等，你說誰是變態啊，喂！」

「就是你！脫下公主的內褲，甚至還戴在頭上……你羞不羞愧啊！」

「不對！這件是我老婆的！真是沒禮貌耶……！」

是誰的內褲並不重要。里恩哈爾特是最後的騎士，一旦他戰敗，葛爾特勞蒂公主就會成為魯德．洛奴曼的人。想必戴上公主的內褲也只是時間的問題。

「嗚喔喔喔喔！」

「天真！」

魯德．洛奴曼以猶如昆蟲般的動作閃開里恩哈爾特的突擊，身手敏捷得難以想像只是個魔術師。

從剛才開始，這種狀況就一直在不斷上演。

「咕哈……可……可惡……怎……怎能讓你對公主亂來……！」

儘管全身傷痕累累，里恩哈爾特眼中的鬥志依舊沒有消失。

使命感驅使著他挺身面對魯德．洛奴曼。

「哼哼哼，真是忠心耿耿啊。但是，那個就算公主被擄，也只願意派出幾個人前來救援的國王，有值得你如此效忠的價值嗎？」

「這跟國家無關，因……因為……因為我喜歡公主啊！」

里恩哈爾特發自靈魂的吶喊響徹著整座泥沼之塔。

葛爾特勞蒂感動地用雙手摀住嘴巴，眼角流下了一道淚光。

「唔喔喔喔喔！」

「哼哼哼，真是美麗的愛情啊。但是，愛無法彌補實力的差距！」

「咕啊啊啊！」

里恩哈爾特又再一次遭到魯德．洛奴曼震飛。

「可……可惡……無法靠近……該怎麼辦才好……！」

「哼哼哼，憑你是無法打倒我的。如果有我最害怕的斯佩路德族雕像，以及描寫其活躍的繪本在的話，倒是另當別論呢……哈～哈哈哈哈！」

「！」

里恩哈爾特聽到這句話，頓時恍然大悟。

他對斯佩路德族的雕像有頭緒。

在來到這裡的路上有個可疑的占卜師，明明就沒拜託他卻占卜了一些誇大又莫名其妙的內容，最後還把魔族的雕像硬塞給里恩哈爾特。說什麼肯定會有派上用場的時候……難道就是那個嗎！

里恩哈爾特衝向自己扔在門口附近的包包。

然後，從裡面取出了雕像！那是有著翠綠色的頭髮，握著白色長槍的戰士雕像，以及描寫此人活躍的繪本！

「啊啊！難道那個是！」

「沒錯，是斯佩路德族的——」

「那的確就是被世人視為邪惡之徒，但其實是喜歡小孩的溫柔男子，在打倒拉普拉斯時也出了一臂之力的英雄，瑞傑路德．斯佩路迪亞的雕像！」

里恩哈爾特並沒有知道得那麼詳細。

因為他還沒看過繪本。但是，效果十分顯著。

「啊啊……糟糕，我的力量在流失……！」

「里恩哈爾特！趁現在！」

「唔喔喔喔喔喔！」

踉蹌的魯德．洛奴曼。放聲大喊的葛爾特勞蒂公主。架劍使出突刺的里恩哈爾特。

魯德．洛奴曼雖然有氣無力地舉起右手，但為時已晚。里恩哈爾特的劍朝著魯德．洛奴曼的胸口深深地刺……不進去。

只聽到鏘的一聲，被彈開了。因為他長袍底下還穿著某種東西。

（唔……不行嗎……）

當里恩哈爾特感到萬念俱灰的下一瞬間——

「咕啊啊啊啊——！！！！」

魯德．洛奴曼突然發出了淒厲的慘叫，全身迸發出光芒，同時朝著斜後方彈飛出去。

在彈飛的方向前面是露台。魯德．洛奴曼重重地撞上露台的扶手，發出「唔嘎噗」這種愚蠢的聲音，然後跌落外頭。

塔有三層樓高。如果是那個魔術師，顯然不會因這種程度的高度而死。

這樣想的里恩哈爾特趕到露陽台向下窺視，然而在下一瞬間——

陽台下方發生了巨大的爆炸。

這陣暴風撫過里恩哈爾特的臉頰，把頭髮也吹亂了。

「什麼！」

暴風消去之後，里恩哈爾特再次俯視下方，而他看到的東西，是個大洞。

在魯德．洛奴曼落地位置一帶那的樹木都被震倒，炸出了一個環形坑洞。

「……」

於是，里恩哈爾特這樣解釋。

八成是自己的一擊傷到了魯德．洛奴曼的鎧甲核心之類的部位。因此導致魔力失控，於是魯德．洛奴曼便猶如氣球般地炸得四分五裂。

也就是說，他贏了。里恩哈爾特打贏了。

「里恩哈爾特……！」

「公主！您平安無事吧？」

里恩哈爾特奔向公主身邊並緊緊地抱住她。

「里恩哈爾特……啊啊，里恩哈爾特，我相信你一定會來救我的……！」

「公主……像我這種人竟然對公主抱有愛慕之情，我很明白這是妄自菲薄……可是，可是……」

「啊啊，沒有那種事，里恩哈爾特……我也……我也一直仰慕著你。」

「公主……您這句話實在讓我不勝感激！來，我們回城吧！」

「好的！」

邪惡的大魔術師魯德．洛奴曼死了。

後來，里恩哈爾特以英雄的身分受全國歡迎，並得到了高階貴族的地位，和公主交往一事也獲得了國王的認可。兩個人後來結了婚，過著幸福快樂的生活。

完。

★魯迪烏斯觀點★

「啊～累死人了。」

這次的任務是「撮合少年騎士里恩哈爾特與小國的公主葛爾特勞蒂」。這兩個人的子孫似乎對奧爾斯帝德很有用處。

原本的話，儘管這兩人互相愛慕，但卻由於身分差距而無法結為連理。

國王知道他們彼此相愛，甚至還支持著這份戀情。

但是，基於門當戶對的問題無法公開撮合他們兩人，所以私底下計劃著「要是能讓里恩哈爾特立下功勛，就能以此為由撮合他們」，但是里恩哈爾特的個性原本就很膽小，就算發生事件也始終沒辦法活躍。

此時，想盡辦法要讓他立下功勛的國王，決定向鄰國挑起戰爭，把里恩哈爾特派上前線，但是他也理所當然地戰死了。

葛爾特勞蒂公主則是作為和平的道具，最後走上了政略婚姻這條路。

然而這一連串的經過，也藉由晚年的葛爾特勞蒂親手改編為歌曲。內容是愛慕著公主，不知天高地厚的少年騎士，因為觸怒國王而被派上前線送死。

這就是所謂的兒女不知父母心吧。

總之，扭轉這樣的命運，撮合里恩哈爾特與葛爾特勞蒂就是我這次的工作。

首先，我和國王進行接觸。提議要由我綁架公主並帶到國土邊緣，監禁在森林之中的某座塔裡，要他派遣里恩哈爾特救援。儘管國王對此感到狐疑，但我搬出了愛麗兒的名字說服了他。

於是，我以邪惡的大魔術師魯德．洛奴曼的身分綁架了公主。

用來監禁公主的塔是由我親手製作。

雖然是發生地震就會馬上倒塌的廉價建築，但撐個一陣子應該沒問題。

在里恩哈爾特要啟程之前，我事先扮成占卜師，給了他打倒魯德．洛奴曼的提示。順便也傳教瑞傑路德的人偶，可謂一石二鳥。再來就是搶先一步回到塔裡，等對此渾然不知的里恩哈爾特趕來並跟他交手，在經過一番苦戰後被打倒即可。

像這樣用嘴巴說起來很簡單。

但是，從交涉到準備乃至於實踐，全都要我一手操刀，實在很累人。

結果之後再回頭思考，才覺得就算不用這麼大費周章應該也有辦法解決。

「累死了……」

總之，這次的任務也成功了。收到奧爾斯帝德的稱讚與慰勞之詞後，我回來了。

時隔一個月，我總算回到了魔法都市夏利亞。

這股疲勞，就讓希露菲為我治癒吧。

看到年輕又青澀的兩人之後，就莫名地想看希露菲害羞的表情。

該怎麼說，突然想跟她度過一個激情的夜晚。

像野獸一樣完全釋放我的本能……不過，或許是因為希露菲最近也慢慢習慣了，不怎麼會感到害羞。前陣子也是，我一個忍不住偷看她換衣服，也只是回說「啊，幫我拿一下那邊的褲子」。害羞的成分不夠。雖然去拜託她的話，至少會說「真是的，魯迪好色」之類吧。

總之，我回到了家人身邊。

和平常一樣，由比特幫我開門，露西看到我就逃走，摸摸艾莉絲的肚子，撫摸希露菲的屁股，摸摸莅莅的頭，舔了舔希露菲的耳朵，讓雷歐舔舔手，被露西逃掉……

有家人圍繞在身邊實在令人放鬆。前世，當老爸出差回來時儘管總是一臉疲憊，卻又有一種很放鬆的感覺，想必那就是這種心情吧。

今天是諾倫會回家的日子，所以我就邊等洛琪希和諾倫兩人回家，邊在客廳悠哉地度過吧。我一邊這樣想著，同時把身體沉進了沙發坐著。

此時突然注意到。

「奇怪？愛夏不在。是去買東西嗎？」

聽到我這樣詢問，莉莉雅瞬間變了臉色。

她臉上的表情十分複雜。希露菲的臉色看起來也有些不知所措。艾莉絲的表情很普通。

氣氛感覺不太好。是怎麼了嗎？

「那個，其實最近愛夏經常外出……」

莉莉雅一臉歉疚地說道。

外出……啊，對了。這麼一提，我有拜託她工作。

「那應該是在完成我拜託她的工作吧？」

「不，這我就不清楚了……雖說是工作，但是她和素行不良的人來往的頻率似乎明顯增加了。」

聽到素行不良的傢伙，我的腦中浮現了頂著雞冠頭又穿著肩墊的一群人。

他們是一群在汽油應該也算貴重物品的世界中，騎著排氣量很高的摩托車到處橫衝直撞並大叫「呀哈——」的傢伙。

應該是聚集在莉妮亞身邊的那群人吧。

「那個啊，魯迪，最近這陣子，老是能在鎮上看到一群穿著奇怪的團體。那些人全身上下都穿著黑衣服，愛夏好像常常和那些傢伙在一起。」

從我拜託她後才過了一個月。

不管再怎麼厲害，我也不認為召集到的人數能讓希露菲說出「開始在鎮上看到」這種話。

況且，黑衣服……唔——

她也已經十四歲，正值思春期、反抗期，以及中二病的時期。

是想頂撞父母兄弟姊妹，耍壞也很正常的年紀。

說不定是因為我讓她和外面交流，才會導致她和那類型的傢伙開始來往。

「非常抱歉，魯迪烏斯少爺。我沒想到愛夏竟然會變成這樣，等她晚上回來，我再好好地斥責她。」

啊，所以不是早上才會回來嗎？那麼應該暫時可以放心。

當我這樣想時，希露菲說了句不可思議的話。

「可是，愛夏有說過喔。她說有得到魯迪的許可。」

「……」

得到我的許可。

聽到這句話，我的腦海浮現出最糟糕的光景。呼應莉妮亞的召集而聚在那間倉庫的，是一群露出低劣笑容，舔著嘴的小混混。他們的視線緊緊盯在莉妮亞和愛夏兩名美少女身上。然後那群傢伙在狹窄的倉庫中，包圍她們兩人……

莉妮亞的戰鬥力的確很高，但那只是和一般水準相較之下。

俗話說雙拳難敵四手。

我雖然覺得愛夏還是小孩，但是她最近在身體方面正急速地成長當中。

主要是胸部的尺寸逐漸逼近了自己的母親。

然後，就算是看在身為哥哥的我眼裡，愛夏也很可愛。

她有神似保羅的親和表情，再加上咧嘴笑時就會看到的虎牙也充滿了魅力。

啊啊，太大意了。

莉妮亞和愛夏的長相都很標緻。可是我竟然讓她們去聚集一群不良分子。這不就像是把生肉丟進滿是鯊魚的海域裡面嗎……不對，我從來沒說過要聚集什麼不良分子啊！

「艾莉絲，艾莉絲妳沒阻止她嗎？」

「……咦？為什麼？」

艾莉絲歪著頭反問。

啊，莫非艾莉絲對愛夏沒有興趣嗎？

「因為那群人沒什麼了不起啊。」

不對。對艾莉絲而言，獅子和小貓根本沒有差別。就算是會讓希露菲和莉莉雅感到憂心忡忡的不良分子，看在艾莉絲眼裡說不定也只是一群調皮搗蛋的小鬼。

不，我不能拜託艾莉絲。她現在是孕婦，更何況始作俑者是我。

我得負起責任。

「……明白了。我過去一趟。」

不管愛夏和誰來往，我都不打算為此責備她。

就算是所謂「素行不良的傢伙」，也有可能在溝通後發現是個好人。

但是凡事都有限度。要是未成年的愛夏被那群不會考慮後果的傢伙當作方便的女人看待，我身為哥哥，就必須負起責任救她。

保羅肯定也會這麼做。

不對，保羅應該也會被分類在品行相當不良的那邊。

「知道他們的聚會場所在哪嗎？」

「我帶你去吧。」

艾莉絲立刻回答。但她是孕婦，這該怎麼辦才好？

要是到時場面火爆起來勢必得一戰吧。遇到危險可不好。

「我也去吧。」

雖然希露菲也自告奮勇，但我搖了搖頭。

「……不，我還是先一個人去吧。」

雖說已經做好最壞的打算，但是狀況不一定如我想的那麼糟糕。

所以，還是先由我一個人行動觀察狀況吧。

我這樣想著，決定前往愛夏經常會去的聚會場所。

雖說才剛回到家，但這也沒辦法。

★★★

希露菲告訴我的這個場所。

是位於冒險者街三段。那種建築物座落在離大馬路稍微更裡面一點的地方。

是一棟以抗魔磚建造，兩層樓高的別緻建築物。和冒險者公會及酒館頗為相像。

但是，感覺是最近剛做好的大門卻被墨水塗黑，中間畫著凶猛的老虎標誌。

我到的時候，正好從門裡面走出了一群黑衣男子。

所有人都穿著同款的黑色大衣，背上則繡著和門口相同的老虎標誌。

而且不知道為什麼，所有人手上要不是拿著鋤頭就是拿著鐮刀。

「好啦！我們衝！啦啊啊！」

「是！」

他們邊發出充滿幹勁的吆喝聲，同時穿過我的身旁，朝大馬路的方向揚長而去。

好可怕。那絕對不是要去幫棒球隊加油什麼的。肯定有人對他們說什麼「老虎比獅子還強！」，然後讓他們全身脫光進行和獅子格鬥的訓練。

不太妙啊，我贏得了嗎？

不，我最近也受過奧爾斯帝德的訓練而變強了。為了以防萬一，我還繞去事務所穿上了魔導鎧才來。所以不要緊。一定不要緊。我不會輸給那種程度的小混混。

更何況，我也不能因為害怕就打退堂鼓。

因為那個可愛的愛夏，可是在這種地方和那群魯莽的無賴待在一起。就算愛夏再怎麼聰明，也不會改變她只是個柔弱女子的事實。雖然晚上會放她回來，但不知道白天那段期間會被怎麼對待……

不管會出現多少敵人，我都必須救她才行。

沒事的。我知道面對大群敵人時該如何應戰。首先揮拳擊中對手三下，然後抓準一瞬間朝著後面空揮一下，接著再往前揮三次拳頭。靠這招就能打遍天下。（註：出自《街頭快打2》中的角色真紀，運用空揮中斷連段可以使出沒有破綻的連續攻擊）

「打……打擾了……」

我開門進入裡面。

大廳……應該可以這麼說吧。在寬敞的空間裡以一定間隔擺放著木桶。

至於為什麼會擺木桶，很明顯的，這些木桶是用來代替桌子。有人正在木桶上放著酒瓶，你一杯我一杯地愉快喝酒。

是個像酒館的場所。

只不過，和酒館有一個地方明顯不同。

所有人和剛才離開的那群人一樣，身上都穿著繡有相同老虎標誌的黑色大衣。糟糕，好可怕。

「有什麼事嗎？」

其中一個人，有著獅子般臉孔的獸族注意到我後靠了過來。

比我還要高，塊頭也比我大，黑色大衣也被撐得緊繃。這個人毫無疑問對自己的出色肌肉量感到驕傲。但是，戰鬥力可不是靠肌肉來決定。

畢竟不管是奧爾斯帝德社長還是瑞傑路德，外表看起來都不是渾身肌肉，但卻強到逆天。

「呃，那個，其實呢，我是來找妹妹的，請問她在這裡嗎？」

可是，禮儀至關重要。

即使真要打起來是我比較強，也有必須要遵守的原則。初次見面要有禮貌，這就是擅長交際的我的處事原則。絕對不是被嚇到了。

「妹妹……？」

獸族男子露出狐疑的神色皺起眉頭，同時環視著大廳。

冷靜一看，發現黑衣集團之中也有許多女性。雖然感覺不算是品行不良，但是每個人的表情看來都像是身經百戰的戰士。至少比魔法大學的學生還要再穩重一個級數。要說品行不良……應該也沒錯啦。

總之，在這群人裡面沒有看到愛夏的身影。

「失禮了……」

獸族男子徵求我的許可後，把臉朝我貼了過來。

搞什麼啊？想打架嗎？你是混哪個國中的啊？我……我可是認識奧爾斯帝德大哥喔！

我擺好架式警戒，但男子卻只是在我旁邊微微抽動鼻子。

好像是在聞味道。總覺得有點難為情。

「………？」

男子聞著聞著突然皺起眉頭。

「……！」

然後定睛凝視了我的臉後，驚恐地往後退了兩步。

糟糕，有那麼臭嗎？話說回來，結束工作回來之後，我還沒有洗澡。

「那個，難不成你是，愛夏小姐的……」

男子這樣詢問。明明這麼臭，卻好像還是判斷得出來。

「啊，是。我叫魯迪烏斯．格雷拉特。請問我妹妹……愛夏在這裡嗎？」

雖然忘了，但自我介紹也很重要。

畢竟報上自己的名字，表明隸屬的組織可是交流的第一步。順便說一下，我的名字在這個城鎮相當有名。想必光是報上姓名也能有牽制的作用。

（——吵雜）

我講出名字的瞬間，現場的氣氛頓時改變。

在聽得到聲音範圍內的人物，所有人都朝向我這。

「格雷拉特……」

「那個人就是……」

「雖然知道總有一天會見到面……」

突然有種身在客場的感覺。不妙，我對這種感覺多少有點印象。

之前艾莉絲由於某個原因大鬧一番的時候，我曾向這種集團賠過不是。我記得就是這種感覺。

說不定艾莉絲已經教訓了這裡的傢伙一頓。

嗯？那為什麼愛夏沒有回來？

啊，她恐怕是被愛夏勸退了吧。喂喂，這樣的話，不就代表愛夏是出於自己的意願才待在這裡的嗎？

怎麼可能，她肯定是被威脅了。

可惡，失敗了，或許我不應該報上本名。

自稱神祕的面具魔術師魯德．洛奴曼就好了。看樣子多說無益了。

「……那您就是……會長！」

「那就是會長……！」

「魯迪烏斯會長……！」

雖然我這麼想，但周圍的人群卻突然開始對著我低頭。

從站穩不動的姿勢，到精確四十五度角的最敬禮。而且是所有人一起。

這是怎樣？

「呃？」

仔細一看，剛才的獸族青年也正用頭頂對著我。

「實在非常抱歉。完全沒察覺您就是會長。」

「咦？」

「顧問在這邊，請容我為您帶路。」

「顧問？啊，好的。」

感覺不能跟著他走。但是看到獸族青年挺直身子並豎起尾巴，舉手示意往裡面請的舉動，我決定聽從他的指引。

儘管從狀況研判應該不能跟去，但既然他願意幫忙帶路，我就配合吧。

「請。」

我們爬上樓梯，被帶到了建築物最深處的房間。

被窗簾遮蔽的昏暗房間。牆上掛著不明帥哥的肖像畫，令人很不舒服。

那些傢伙在那裡。這個鎮上品行最不良的兩個傢伙。

那兩個人身上也穿著和下面的人相同的黑色大衣。

再加上明明馬上就要夏天了，卻還在脖子上繫著猶如白色圍巾的飾品，明明待在封閉陰暗的房間裡面卻戴著墨鏡。她們以這樣的打扮面對面坐著，一邊咧嘴微笑一邊數著金幣。

「喵哈哈哈哈哈，買墨鏡果然是正確答案喵。不然金幣的光芒可是會弄瞎眼睛的喵！」

其中一人露出討人厭的笑容放聲大笑。或許是因為亮度，讓她的牙齒看起來甚至發出了金色的亮光。雖然由於戴著墨鏡看不清楚長相，但毫無疑問被金錢蒙蔽了雙眼。想來瞳孔的形狀會是$。因為她的眼睛已經中招了。

「對了，這是這個月的保護費喵。」

「嗯。」

點頭的這位是同樣戴著墨鏡的少女。

她穩如泰山地坐在椅子上，十分大牌地把背靠了上去。少女以這樣的姿勢高高在上地收下了另一位女子遞出的金幣塔。金幣的數量約有十枚左右。

看起來並非阿斯拉金幣，而是在這個拉諾亞王國使用的金幣。

少女馬虎地清點了那些金幣，然後塞進放在手邊的金幣袋裡

接著，在紙上草草寫上金額和名字留下簽名，交還給另一個人。

「嗯，確實收到。」

「感謝喵。」

「然後呢？」

少女用下巴指了指女子給出信號。

「喵嘿嘿嘿，然後這邊是顧問費喵。」

女子把放在桌上的其中一座金幣塔緩緩推到少女眼前。

數量約有五六枚吧。

「這樣一來，今後也能請您大力相助嗎喵？」

「當然。讓我們長～久配合吧。」

「喵嘻嘻嘻，大人您真壞心啊喵。」

「呵呵呵，我可比不上莉妮亞喔。」

少女露出了邪惡笑容，同時將收下的金幣放到其他的金幣袋。

然後直接塞進乳溝裡面……

「啊。」

此時她注意到我和獸族青年了。

「莉妮亞所長、愛夏顧問，魯迪烏斯會長來探望兩位了。」

在建築物深處等著我的，是莉妮亞和愛夏。

我依言在旁邊的沙發上就座。

坐在對面的是莉妮亞和愛夏。

「這是怎樣？到底發生什麼事？」

總之我先試著詢問。

確實，我是有命令莉妮亞和愛夏在這個鎮上聚集人手。

然而，為此而租給她們的建築物並不是這裡，況且我也沒說要穿黑衣服，人數看起來甚至比我預期的還要超出許多。

「那個啊，其實我照哥哥說的聚集人手，然後運用那群人開始做生意了喔。」

「……哦，詳細告訴我。」

我聽了愛夏的說明。

據說在那之後，莉妮亞和愛夏馬上就開始召集人手。

招募的對象主要是以魔法大學的在學生、畢業生以及冒險者公會的人為主。

於是，好像沒過多久就集合了大約三十個人。

突然就來了三十個人。這樣一來，我用來當作事務所買下的倉庫就太擁擠了。

愛夏說她在當天就賣掉了倉庫，再透過個人管道募集贊助商，才租下了這棟建築物。

順帶一提，所謂的贊助商好像是指札諾巴和克里夫他們幾個。

掛在這房間的肖像畫，好像是札諾巴畫的我的畫像。但是美化過頭一點也不像。

「可是，很快就聚集到導致這些人實在沒什麼連帶感。況且也還沒決定要做什麼。」
儘管試著聚集了人手，但離我歸來還有一段時間。
要是不幫烏合之眾指點方向，想必馬上就會鳥獸散吧。
愛夏說她當時決定要去請益待在空中要塞的七星。
她從我的房間拿出了呼叫佩爾基烏斯用的笛子，召喚阿爾曼菲。
在晉見佩爾基烏斯之後，聽說七星傳授了幾個建議給她。
「……咦？妳見過佩爾基烏斯大人了？」
「嗯，是個很帥氣的人喔。」
別在我不知道的地方做這種恐怖的事啦。
要是惹他生氣可是會小命難保啊。不，畢竟他很寬宏大量，想來不會幼稚到對未成年的對象發火吧。況且要是愛夏天真無邪地說佩爾基烏斯很帥氣，希爾瓦莉爾應該也會善待她才對。
「然後啊。」
聽說七星推薦了「制服」和「禮儀」。
她說，只要所有人都穿著相同的服裝就能提高連帶感。這樣一來，就算不特別做些什麼應該也不會鳥獸散。另外又補充建議，說教導軍隊式的正確禮儀，也能提高生意對象的信賴。
愛夏聽從七星的建議，從認識的服裝店那邊便宜買到了因大量進貨而造成庫存過多的衣服。

聽說就是這件陰森的黑色大衣。

不過愛夏認為光是這樣不太妥當，所以便自掏腰包，便宜買進同樣庫存過多的黃色布料，一件一件地繡上了老鼠的標誌。

是老鼠的標誌啊。因為我們是格雷拉特，所以才會縫上老鼠。

因為是在黑底上面的黃色，乍看還以為是老虎。

太好了。幸好我沒說「那個老虎的標誌真帥」之類。

總之，穿上了相同服裝的他們，由愛夏教導了低頭鞠躬的方法。

是我也經常做的，四十五度角的最敬禮。通稱 OJIGI。那個的話不管是誰都記得住，而且動作看起來也能讓別人感受到敬意，如此這般，穿著黑衣深深低頭鞠躬的集團便完成了。

後來，愛夏思考這些傢伙能做到什麼。

然而，大部分都是仰慕莉妮亞而來的獸族。

他們除了戰鬥以外一竅不通。興趣是鍛鍊腦部肌肉。別說文字，這群人連數字都看不懂。

儘管裡面也有腦袋不錯的傢伙，但終究是五個肌肉棒子才有一個秀才的比率。

能用這些人來做的事情，頂多也只能想到傭兵團。

如此這般，愛夏決定要成立傭兵團。這時也決定了集團的名字。好像是參考我經常使用的假名取了「魯德傭兵團」這個名字。

但是，這裡是魔法三大國，位於相較和平的三個國家中正中央的魔法都市夏利亞。

當然不可能會有戰爭發生，要前往發生戰爭的地區也得花上時間。
基於這個原因，愛夏後來思索出來的，就是所謂的保鑣產業。
支付一定金額，就能在一定期間內出借數名傭兵。
在這幾個人之中會安插一名頭腦清晰的領導者，由那傢伙負責指揮。
另外，要是在工作途中有一名傭兵受傷或是死亡的話，會立刻派遣其他傭兵。
簡而言之，就是保鑣的租賃契約。
絕對不是暴力團體。真的不是暴力團體。
「就這樣開始了工作之後，好像一下子就出名了。」
德路迪亞族的公主是領袖。因為這件事而受到莫名信賴的傭兵團藉由團員的人脈以及愛夏的宣傳，一口氣變得聲名大噪。
據說自從創業開始只花了十四五天的時間，就連拉諾亞王國的騎士團、魔術公會以及魔道具工房等大型團體也開始會來商談工作。與此同時，註冊的會員也陸續增加，現在似乎有將近五十名黑衣人在這個鎮上大搖大擺地走著。
從冒險者到騎士團、學生、鐵匠店以及魔道具店，這個鎮上存在著各式各樣的職業派閥，想來打架和爭執也是絡繹不絕。
為此，需要一個能嚴守中立立場的利基產業。
要是走錯一步，傭兵團本身也會形成一個派閥，不過只要像這樣來者不拒，從各行各業承接工作的話就沒有問題，愛夏是這麼說的。

「然後啊，我們從他們賺來的錢裡面抽幾成上繳過來，結果比想像中賺得還要多呢。」

「沒錯喵，大家給的保護費比預期的更多喵。真是群守規矩的傢伙喵。」

和冒險者有些不同的保鏢集團。創業後經過一個月，收益似乎也還算不錯，看來起步很順利。

當然，收益的總額並非十分龐大，莉妮亞要還清債務想必還要很長一段時間。不過要是繼續擴大事業，或是在累積資金之後再開始經營其他事業的話，說不定就有辦法一口氣還清。

不然的話，要在她償還大約一半的時候，把欠款一筆勾銷也不是不行。反正我也不是特別想要錢。

「……」

老實說，和我所預期的狀況有些出入。

雖然不同……但既然進展得很順利，那也未嘗不可。

是說，我沒想到竟然會進行得這麼順利。

成功的祕訣應該是任用愛夏這點吧，將她任命為監視員發揮了很好的效果。

要是身為天才的她沒有全力以赴，肯定還會再花上一段時間。

是說，我沒想到她會對這件事如此認真投入。

「不過啊，愛夏，我沒想到妳會這麼喜歡錢呢。」

「咦！不是啦～」

我嘆了一口氣這樣說道，接著愛夏就露出一副被人誤會的表情嘟起嘴巴。

「我喜歡的是哥．哥。是因為哥哥說這是為了我好，所以我才會拚命去做的喔。」

「愛夏……」

眼睛一閃一閃的……好可愛啊。如果不是妹妹我早就打包帶走了。

「還有，要是讓那隻貓回到家裡也很傷腦筋嘛。」

啊，這才是真心話啊。我想說剛剛看起來交情還不錯，其實並沒有嗎？

不，一碼歸一碼。

「不管怎麼樣，妳做得很好。」

「嘿嘿，謝謝哥哥。」

我摸了摸頭後，她滿足地笑了。

總而言之，莉妮亞有還錢的手段了。既然有這麼多人，想必應該有人能夠處理公司事務，也會找到具有買賣才能的傢伙。說不定也有人能擔任奧爾斯帝德事務所的職員，或者是負責販賣瑞傑路德人偶的聘僱店長。

僅僅一個月就能做到這種地步，只能說真不愧是愛夏。

我或許太低估她的能力了。

「可是莉莉雅小姐很擔心妳，還是回家稍微講一下吧。」

「咦~媽媽腦袋很頑固，就算解釋她也不會理解啦。我還想試著繼續做這份工作耶。」

「不要緊。我會說是因為我拜託妳這麼做，好好說明清楚。」

雖然強迫別人去做不喜歡的事情並非好事，但這次她難得這麼有幹勁。

既然本人都這麼希望了，就再讓她試試看吧。不如說，像這樣親眼看到成果，會感覺讓愛夏繼續在家當女僕實在很浪費天賦。

「我知道了。哥哥，我相信你喔。因為媽媽非常寵哥哥，你要好好說服她喔。」

「嗯。」

就這樣，我得到了屬下。

名稱是「魯德傭兵團」。

是我第一次的屬下。

今後只要利用這些屬下去做想做的事情就好。夢想更大了。

「啊，對了老大。」

當我的心中充滿夢想，打算帶愛夏先回家一趟的時候，被莉妮亞出聲叫住。

「怎麼了？」

「前陣子，大森林寄了一封信過來喵。」

哦，大森林寄的。也就是說，是普露塞娜寄的嗎？

我一邊這樣想著，同時從莉妮亞手中接過信件。這是寄給莉妮亞的，已經開封過了。沒有寫寄信人的名字。那麼為什麼莉妮亞會知道是從大森林寄過來的呢？

果然是氣味嗎？

我滿不在乎地取出裡面的信查看內容。

「……！」

上面沒有任何時令的問候。

只用獸神語寫下了一句話。

「不好了，聖獸大人下落不明！馬上展開搜索！」

「哎呀，那個聖獸大人都說不用管他們了，應該沒有問題吧喵。」

莉妮亞把手交叉在頭後面，發出喵哈哈的笑聲並這樣說道。

「……」

於是我下定決心要去大森林一趟。

帶著賠罪用的點心禮盒。

「魯德傭兵團」

會長：魯迪烏斯·格雷拉特
執行長：莉妮亞·泰德路迪亞
顧問兼副董事長：愛夏·格雷拉特
員工人數：五十人左右

種類：ORSTED Corp.品牌公司
贊助：塞倫特·賽文斯塔

第八話「再度造訪德路迪亞村」

我、莉妮亞以及聖獸雷歐三人組決定前往大森林。

雖然艾莉絲也想去，但畢竟肚子也大了起來，所以拒絕了她。

由於最近失去了自己的玩具，艾莉絲的壓力再度開始累積。

要是把那樣的她帶到滿是獸族的地方，難保不會再帶別的孩子回來。

相反的，莉妮亞卻鬧脾氣說「不想去，去了會被普露塞娜當成手下」，但只有我去的話感覺不會受對方信用，所以她要負責說服。

老實說，要是在召喚出雷歐時有寫信告知就好了……

真是失策。

算了，雖說獸族很冥頑不靈，但這次我也是個大人了。不會發生像之前那樣的事吧。

好好向他們說明，把聖獸和莉妮亞都帶回來吧。

至於傭兵團則是交給愛夏負責。因為有關經營方面原本就幾乎是由她一個人處理，所以沒有問題。團員雖說是仰賴莉妮亞的一群人，但現在也很尊重愛夏。只是讓莉妮亞暫時出差，想來不會引起任何問題。

老實說，這件事打亂了奧爾斯帝德指派的工作行程。

但是，像這種有可能會在之後留下禍根的事情，還是優先處理較為妥當。

否則到時候情況勢必會更加混亂。說不定一年後會有大群獸族殺過來之類。要是那樣可就傷腦筋了。

我以此為由試著說服奧爾斯帝德之後，他的表情也沒有特別不悅，反而還願意在我們外出的期間代為保護家裡。歸功於我的出現，讓他的事前準備比以往更為充足，所以不僅沒有任何問題，甚至還綽有餘裕。

如此這般。

我們要從自家公司事務所的地下，站上通往大森林的魔法陣，直接前往德路迪亞村……

原本是這樣打算，但那個魔法陣距離德路迪亞族有段距離。

因此，我們決定去拜訪佩爾基烏斯，順便試著拜託他。

是他的話，或許知道大森林北部已經廢棄的轉移遺跡在哪裡。

★ ★ ★

當我抵達之後，佩爾基烏斯被十位精靈和希爾瓦莉爾包圍，一如往常霸氣地坐在椅子上。

之所以會少一位，是因為被派去愛麗兒那邊當代理人。

「大森林嗎？」

「請問有什麼不妥嗎？」

「不，要馬上出發嗎？」

「我希望越快越好。」

我傳達要去大森林一事，佩爾基烏斯在一瞬間露出了猶豫的表情，但馬上就承諾了。

就算被當作計程車也可以原諒，佩爾基烏斯大人果然寬宏大量。

「不過話又說回來，聖獸啊……讓吾回憶起不太愉快的往事。」

佩爾基烏斯望向雷歐，露出複雜的神情。

雖然會讓人思考為何會擺出這張臉，但畢竟這個人也活了很長一段時間，說不定和前任的聖獸大人彼此認識。儘管不知道他們是什麼關係，但知道現任的聖獸大人成了我家的狗，心裡確實會感到五味雜陳。

雷歐就算被佩爾基烏斯盯著，也依舊一副若無其事的表情坐著。反而是莉妮亞顯得比較害怕。

雖說她好像和愛夏一起晉見過一次，但還是不習慣嗎？

「日前，我妹妹似乎給您添麻煩了。」

「無所謂，吾不討厭賢明之人。」

我為愛夏的事情表達歉意後，佩爾基烏斯不以為意地揮了揮手。

然而從他沒有特別感到不悅的這點來看，想必愛夏應對得宜。

「話說，你似乎生了女兒。」

「是的，您是從愛夏那聽說的嗎？」

「嗯。恭喜你啊……幸好不是綠髮的男孩。」

佩爾基烏斯以試探的口吻這樣說道。

「……是的。不是拉普拉斯的轉生體，讓我鬆了一口氣。」

我這樣回答之後，佩爾基烏斯咧嘴一笑。

「哦，看樣子有關龍族轉生一事，你已經從奧爾斯帝德那聽說了是吧？」

「是。」

「那麼你記清楚，要是生下來的是拉普拉斯，就算是你的孩子，吾也會毫不留情地下殺手。」

佩爾基烏斯露出牙齒笑了。好可怕。

「……對我而言，只能祈禱那種事不要發生。」

在我的內心，還沒有對拉普拉斯建立明確的立場。

據奧爾斯帝德所說，他是與人神經歷漫長戰鬥堅持到最後的志士。以這點來看，對我而言算是自己人。但是敗給人神，分裂之後的拉普拉斯欺騙了瑞傑路德，連佩爾基烏斯也對他抱有敵意。對我來說是敵人。

要是那傢伙作為我的孩子出生的話，我也不知道該如何是好。

不過基本上，不需要太過擔心。從奧爾斯帝德的口氣聽來，他似乎知道拉普拉斯會在何時何地轉生為誰。

儘管我的出現導致未來有被改變的可能性，但想必拉普拉斯的命運也很強，我認為應該不會被輕易左右。

「不過，吾也不想與你拔刀相向。如果生下了疑似拉普拉斯的小孩，就先來找吾商量。」

佩爾基烏斯像是要安慰我似的這樣說道，隨後從王座上站起身子。

雖說不知道商量是要談些什麼，但感覺上他應該不會放過拉普拉斯。沒有突然就下殺手，或許也是以他的方式為我著想。

「那麼，吾要開始準備轉移魔法陣，你就在房間稍等吧。」

佩爾基烏斯這樣說完，然後離開了王座。

準備轉移魔法陣需要花上一些時間。

所以我打算趁這時候去向七星打聲招呼，但她卻不在平常待的房間。

是上哪去了？我試著詢問在走廊遇到的贖罪的尤爾茲，才知道這時間她好像得學習有關轉移魔法陣的各種應用知識。

必須記的事情很多似乎很辛苦。

要是有什麼狀況我也打算協助……但總之現在先把在家裡做好帶來的洋芋片和鹹飯糰留給她吧。吃是一種享受。

之後，我們移動到一間套房等候通知。

超豪華的房間讓莉妮亞的眼睛閃閃發亮，轉眼間便撲向了軟綿綿的沙發。

「呼啊～……先不提老大，愛夏真的是天不怕地不怕喵，竟然能和那麼恐怖的人對等交談喵……」

莉妮亞用力地伸了懶腰並嘀咕了一句。

我不清楚愛夏和佩爾基烏斯進行了什麼樣的對話。

反正是愛夏的話應該不會出亂子，佩爾基烏斯的心情也沒有變差。

不過，愛夏偶爾也會不經意地講出嘲諷（真心話）的話。確實有點擔心。

……先打個預防針好了。

「莉妮亞，可不是對等喔。我們比較卑微。就算愛夏講話有些失禮也能獲得原諒，是因為佩爾基烏斯大人寬宏大量。」

「是這樣嗎喵？他不是害怕老大的老大龍神而已嗎喵？雖然我沒見過，但是個很可怕的人對吧喵？因為克里夫也嚇得屁滾尿流嘛喵。」

「別說了！那怎麼可能啦！」

妳才是天不怕地不怕吧。

因為這段對話可是被佩爾基烏斯聽得一清二楚啊。妳是想要端出來的茶裡面被倒抹布水加料嗎！真受不了……

當我們在等候時聊了這樣的對話後，希爾瓦莉爾有些不悅地出現了。

「佩爾基烏斯大人寬宏大量，他是把魯迪烏斯大人當成好友對待。」

被她這樣叮囑了，看樣子果然被聽到了。

當然，我並沒有得寸進尺。希望你們對這隻白痴貓說的話睜一隻眼閉一隻眼。

哎呀，能被那位佩爾基烏斯大人視為朋友看待，實在是太榮幸了。

雖然試著講了這種場面話，但或許是太過刻意，希爾瓦莉爾的心情沒什麼好轉。

「……已經準備好了，請往這邊。」

希爾瓦莉爾依舊很不高興，催促我們移動到房間外面。

在她的帶領下，我們移動到空中要塞的地下。

去魔大陸時也來過這裡，是猶如昏暗迷宮一般的場所。而在陰暗的其中一間房間前面，佩爾基烏斯和七星兩個人站在那裡。

他們前面設置著熟悉的轉移魔法陣。

但是不知為何，魔法陣並沒有發光。看起來還沒有啟動。

當我在思考這有什麼用意的時候，七星做了一次深呼吸，雙手拿著魔力結晶。

「雖說是應用，但只要照平常那樣做就行了。」

「是……」

七星一邊這樣回答，同時走到魔法陣的前面。

「魯迪烏斯，上去吧。要是失敗的話先跟你說聲對不起。」

七星一臉緊張地指示我們行動。

看來這次好像是由七星來啟動。我們是練習用的沙包嗎？

但也沒有立場抱怨，畢竟提出要求的是我們。

「希爾瓦莉爾，地圖給他們了嗎？」

「哎呀，我不小心疏忽了。」

聽到佩爾基烏斯這句話，希爾瓦莉爾才從懷裡拿出地圖遞給我們。

我收下後看了一下內容。在角落部分標示著德路迪亞村的位置，從這點來看，應該是待會兒要轉移過去的遺跡所在的地圖吧。

距離德路迪亞族大約走半天的路程嗎？或許是因為在森林裡，看起來是相當近沒錯……

總之，也讓莉妮亞看看吧。

「啊，這裡的話我知道喵。不要緊，很近的喵。」

得到了這樣的回答。

那麼應該不要緊吧。雖說離開了十幾年，但還是交給當地人才是明智之舉。

是說希爾瓦莉爾小姐，要是什麼都沒說的話，妳其實不打算給我們地圖對吧。

這麼陰險可不太好喔。

小心我向佩爾基烏斯大人打小報告喔。

「那麼，開始吧。」

「是。」

七星蹲到地上，將魔力結晶靠近魔法陣，並用筆在地面開始畫著什麼。

「為了以防萬一，魔法陣只會起動一瞬間。你們到對面之後就自己看著辦，懂了嗎？」

「？……是。」

在發動魔法陣時，我不假思索地回答佩爾基烏斯說的話。

……難道說會有魔物嗎？

不對，等等。在這個時期，難道說……

「啊，現在是——」

莉妮亞也同時注意到了。

然而，此時七星已經準備就緒。

她把魔力結晶放在用筆畫好的魔法陣上。

就在那一瞬間，魔法陣發出淡淡的光芒，將我的身體吸進了魔法陣。

★ ★ ★

「嗚哇噗！」

回過神來，我的身體已浸在水裡。

在深及腹部的水底有道魔法陣。魔法陣很快地就失去了光芒。

「喵——！果然是雨季啊！」

莉妮亞一邊大叫一邊舉起雷歐。

雷歐雖然用一副理所當然的表情被舉著，但全身都溼透了。

行李也濕了。不妙，說不定連點心禮盒也浸濕了。

水很冰冷，要是不趕快移動到沒水的地方會感冒的。

不對，區區感冒只要用解毒治好就行。

我一邊這樣想著一邊尋找樓梯，但是卻遍尋不著通往上面的樓梯。

這表示……我召喚燈之精靈搜索這房間後，發現樓梯在下面。

看樣子，這裡似乎是建築物的最上層。

「老大，快想辦法喵！」

「等我一下！」

總之先往上。既然水位淹到這裡，表示上面應該沒水才對。

我做出這個結論，用土魔術在牆上做出立足點，然後觸碰天花板。

「喝！」

用魔術破壞，開了一個洞。

順利移動到外頭了。

外面傾盆大雨。視線所及之處都是並排而立的巨大樹木，即使抬頭仰望，也會因為枝葉而看不到天空。

下方是宛如要將一切全部沖走的濁流，整座森林給人置身在大海之中的錯覺。

毫無疑問，這裡是大森林。

我現在站的位置是遺跡的頂端，因為整棟建築物都已經被水淹沒。

「糟糕了喵，怎麼辦喵？沒有預料到會這樣喵。」

莉妮亞也和雷歐一起爬上來了。

「看是要讓水結凍後走在上面，或者是製造一艘船用魔術操控的話就能移動。」
「喔喔，真不愧是老大喵。」
「不過，在這樣的雨勢中就分不清現在的方位了。」
「我也是，這樣的話根本認不得路了喵……」
我想也是。
畢竟連遺跡的最頂層附近都被淹沒了。
以水深來說大約有五公尺吧。這樣想必也無法看到能當作標示的東西。
「該……該怎麼辦喵？」
「要在這裡等到雨季結束嗎？」
「雨季結束後就換發情期開始了喵，到時候我八成會派不上用場喵。」
原來如此。發情期。
如果是在家裡倒無所謂，但是在旅途中說不定連我也會把持不住。
移動會比較好嗎？還是說要先回去一趟，向奧爾斯帝德借什麼好用的道具再來？
「汪！」
此時雷歐吠了一聲。
牠抬頭挺胸並仰望我這邊。是怎麼了嗎？
「是真的嗎喵！」

回應的是莉妮亞。

「汪！」

「真不愧是聖獸大人喵！」

吼叫的雷歐，與理解的莉妮亞。

幸好有帶莉妮亞來。Bow-〇ingual 果然是必要的。

「莉妮亞，牠說什麼？」

「聖獸大人說牠知道路，要我們準備好船喵。」

「喔喔，了解。」

不愧是聖獸大人。

我一邊想著這種事情，同時用土魔術做船。我以土魔術製造出來的東西注入越多魔力就會越重。但若是犧牲強度的話，要輕量化也是可能的。以蜂巢結構維持一定的強度，同時讓內部保留空氣提高浮力吧。

我思考著這些事情，大約一個小時後完成了船隻。

是外型不優的四角土筏。不過反正浮得起來，推進力則是仰賴魔力。應該沒問題吧。

「好，我們走吧。」

「沒問題吧喵……老大，你魔力夠嗎喵？拜託不要中途沉下去喵。」

「如果快不行的時候，只要在中途爬到樹上休息就好。」

我這樣說著，登上了土筏。雖然有些不穩，但只要在路上調整就好。

「嗚嗚，好不安喵……」

「汪！」

「啊，老大，好像是那邊喵。」

「了解，那我們啟程吧。」

我操作土筏周圍的水流，開始往聖獸雷歐所指的方向前進。

★★★

兩天後。

我們抵達了德路迪亞村。儘管距離說不上遠，但由於路上遭到魔物襲擊被水流沖走，讓我們稍微迷失了方向。

要是沒有湊巧被沖到聖劍大道，說不定還得再漂泊個十天左右。

「喂，快看！」

「是聖獸大人！」

「快通知裘耶斯大人！」

德路迪亞村的居民見到我們之後起了一陣騷動。

戰士們一窩蜂地聚集了起來。個個都全副武裝。

「是人族的男人。」

「該不會就是那傢伙綁架的……」

「這麼說來，十年前也曾發生過綁架騷動啊。」

隨著土筏越來越近，獸族的戒心也越發強烈。

甚至讓我感覺要是就這樣靠近他們，會不由分說地遭到囚禁。該怎麼辦？說不定又會被脫光丟進牢房。當我湧起這種不安的念頭時，莉妮亞挺起身子。

「各位，裘耶斯．泰德路迪亞之女，莉妮亞．泰德路迪亞回來了喵！」

「咦？」

聽到莉妮亞報上姓名，戰士們靜止不動。

然後，在目不轉睛地觀察了莉妮亞的臉後，所有人一起抽動鼻子聞了聞氣味。

「真的耶，是莉妮亞。」

「那傢伙長這麼大啦。」

「應該有十二三年沒見了吧？」

一股令人懷念的氣氛。這樣的話應該沒問題吧，就在我放心的下一瞬間——

「妳這傢伙！我們可是從普露塞娜那聽說了！」

「竟然說什麼要成為商人！」

「給我好好履行村子的義務！」

奚落聲此起彼落。

「啊，果然！老大，回頭！拜託你回頭喵！」

我無視莉妮亞的請求，划進了德路迪亞村。

德路迪亞村和之前來的時候幾乎沒變。

既封閉，也強烈排斥外來的人。

不過基本上，這次不僅有莉妮亞陪同前來，記得我的人也不少。

我是在十年前來到這個村子。當時的小孩已經加入戰士團，聞了一下味道後馬上就想起來了。

在老練的戰士之中也有人還記得我。比方說過去向我潑水的那個人。那個人在這十年生下了五個小孩，然後好像又重拾了戰士的身分。

對工作真是有熱誠。

和受到歡迎的我相反，莉妮亞遭到各種批評。

「明明是族長的女兒竟然還敢放棄職責！」

「真是丟我們一族的臉！」

莉妮亞縮到了我的背後躲著。

眼角泛著淚光輕聲地說「所以我才不想來的喵」。但這是她自作自受。

獸族臭罵莉妮亞一頓之後，看到聖獸使勁甩著溼透的身軀，注意力就集中到牠身上去了。

「別管莉妮亞了，重點是聖獸大人！」

「沒錯，牠可總算回來了！」

「您至今到底都上哪去了！」

後來，話題轉向我帶來的聖獸大人。

到底去了哪裡？是怎麼被帶回來的？帶出這些話題後，那些不認識我的傢伙慢慢地產生「難不成是那傢伙帶走的」這種想法，轉變為疑惑的視線。

這種感覺也很令人懷念啊。要是有誰說「話說回來，那傢伙十年前也愛慕著聖獸大人」，我肯定會被丟進牢房吧。

正當我冒出這種想法時，有人從集團之中大聲喊話。

「所有人肅靜喵！」

「安靜點！」

站起來的是兩名女戰士。我記得她們。是我從前救過的獸族女孩。

蜜妮托娜和提露塞娜。

她們倆用領袖般的風範震懾了在場眾人，然後走到我的眼前。

「在這裡吵吵鬧鬧也沒有意義喵！」

「現在該做的是把他帶去族長家，問出事情的來龍去脈！把路讓開！」

如此這般，我被帶到了裘耶斯的家裡。

裘耶斯已經當上了族長。

前任族長裘斯塔夫因為在幾年前的雨季和魔物戰鬥時受了重傷而引退。

現在他把這個村子交給裘耶斯，自己在其他村落過著悠然自得的生活。

或許是因為這樣，裘耶斯看起來充滿了莫名的威嚴。

和之前相遇的時候相較之下，看起來顯得十分沉著。這樣一來，應該不會突然就扣上莫須有的罪名把我關起來吧。

我一邊對這件事感到安心，同時送上在夏利亞買的煙燻肉禮盒，說明事情的來龍去脈。

我正在和某個強大的敵人戰鬥的事。為了在沒有後顧之憂的情況下和那個強敵戰鬥，召喚了足以守護家人的存在。結果出現的是聖獸大人，於是聖獸大人成為我家的守護魔獸云云。

聽完我的狀況後，裘耶斯露出了苦澀的表情。

「這些話實在有些難以置信啊。」

也對。畢竟我在聖獸出現時也嚇了一跳，雖說前一個出現的傢伙更讓我驚訝……

「汪嗚！」

「不過，聖獸大人也是這麼說的。」

雖然我聽不懂牠說什麼，但是規規矩矩地坐在我左邊的聖獸大人肯定正在幫我說話吧。

「聖獸大人只說『你們家的飯很好吃』而已啊。」

「哎呀？」

「開玩笑的。牠說：『為了完成應盡的責任，所以才去他的女兒身邊。』」

裘耶斯嘆了口氣並這樣說道。

原來是開玩笑啊。裘耶斯這傢伙，居然懂得開玩笑了……

不過剛才提到我的女兒。是說露西，不對，應該是指菈菈吧。畢竟雷歐很親近菈菈。

就我所見，要是沒什麼事的話，雷歐總是會待在菈菈的嬰兒床旁邊。

奧爾斯帝德也說過「菈菈是特別的吧」這種話。

「汪！」

「哦，命運嗎？」

裘耶斯面向雷歐開始聊了起來。

然而，雷歐講話是用汪汪語，我根本聽不懂。

「莉妮亞，能麻煩妳翻譯嗎？」

「嗯？明白了喵。」

我拜託坐在右邊的莉妮亞幫忙翻譯，好讓我了解對話內容。

「我記得有個傳說提到……聖獸大人在誕生百年之後，將會協助拯救世界之人。」

「汪！（吾問你，德路迪亞族的使命是什麼喵！）」

「德路迪亞族的使命，是在救世主出現之前守護好聖獸大人。」

「汪嗚！（吾已經找到了喵，這傢伙的女兒就是救世主！）」

「確實是這樣沒錯。但是，實在是前所未聞。救世主的父親竟然會召喚聖獸大人，從小開始保護她……」

在莉妮亞的腦內，聖獸大人的第一人稱似乎是吾。讓我想起某個肌肉發達的魔王。

不過話說回來，我的女兒是救世主嗎？

有著一張肥嘟嘟臉的菈菈是救世主。雖然奧爾斯帝德也說過類似的話……

是嗎……總覺得不太實際。

果然還是該讓她從小就學習拳法比較好嗎？一子相傳的那個。（註：出自《北斗神拳》）

「汪汪，汪汪汪！（傳說中提到救世主也可能在長大成人之前就死亡吧！到時候吾等會如何！」

「……根據傳說，一旦救世主死去，聖樹就會枯竭，聖獸大人也會因虛脫而死。」

「嘎嚕嚕嚕嚕！（吾主已經被盯上了！難道說你想殺了吾嗎！）

「……不，我絕無那種想法。」

「汪嗚！（那不就沒有任何問題了嗎！）」

裘耶斯一臉苦澀。

之後，他以凶狠的眼神瞪視翻譯得興高采烈的莉妮亞。莉妮亞見狀縮著身子躲到我的背後。別這樣啦，雖然要求翻譯的人是我，但翻得那麼奇怪的人可是妳啊。自己犯下的罪，就自己接受懲罰吧。

此時，裘耶斯開口說道：

「莉妮亞，聖獸大人說的話是真的嗎？」

「是……是的喵。聖獸大人的確一直守護著老大……魯迪烏斯大人的小孩喵。」

莉妮亞難得講話這麼恭敬。

就算是在夏利亞講話沒大沒小的不良少女，也是會怕父親的吧。

「人族的女兒嗎……聖獸大人誕生至今才過二十年，距離完成使命的那一刻，應該還得再等上八十年才對……」

「因為她是人族和魔族的混血，我想會很長壽喵。」

「是嗎，原來如此，想不到也有可能是魔族啊……」

裘耶斯環起雙臂陷入沉思。

過了十年的歲月，他的臉也變得深思熟慮。十年前的他感覺是個凡事不用腦袋，只懂橫衝直撞的年輕人。但是現在的他有前任族長裘斯塔夫的風範，看起來變得穩重不少。

難道所謂的獸族，在超過三十歲之後就會變穩重嗎？那麼，說不定莉妮亞也是嘍？不，這傢伙肯定到死之前都是這副德性。

此時，站在裘耶斯身後的兩名年輕人大喊：

「魔族怎麼可能會是救世主喵！」

「他說是用召喚魔術叫出來的，肯定是用奇怪的魔術欺騙了聖獸大人！」

蜜妮托娜和提露塞娜倒是很像從前的裘耶斯。

真奇怪，該怎麼說，以前她們應該很感謝我出手相救才對啊……是被獸族同化了嗎？

先不論這兩個人。我的確是用奧爾斯帝德做的魔法陣召喚出雷歐。那套魔法陣似乎還導入了對我絕對服從的術式。雷歐也有可能是因為那個魔術的影響，誤以為我的女兒是救世主。

「這個可能性很低。如果真是這樣，魯迪烏斯大人根本不可能來我們村子。魯迪烏斯大人目前的住處，和大森林可是分別處於世界的兩端。既然我們無法輕易出手，那麼若是他有做什麼虧心事，勢必會對這件事隱瞞到底。」

「說……說得也是。」

哎呀，真的……不好意思。我的確是打算就這樣隱瞞過去。對不起。

「關於聖獸大人這件事，總之就這樣了結吧。」

「這樣好嗎？」

「聖獸大人都這麼說了，站在我們的立場也只能遵從。」

「汪嗚！」

雷歐露出理所當然的表情，然後把頭放到我的大腿上。

我反射性地撫摸之後，牠露出了很舒服的表情。雖然蜜妮托娜和提露塞娜的表情就像是在說「大不敬啊！」，但誰理她們。畢竟我平常就有在做這樣的肌膚接觸。

不過話又說回來，既然聖獸大人這麼說的話就沒問題了，是嗎？

到頭來，就和莉妮亞說的一樣啊。

話說基列奴也講過類似的話。

「可是，魯迪烏斯大人。姑且……我想想，大概十五年後。等魯迪烏斯大人的孩子長大成人，還請您帶她來這裡一趟。我想遵照傳統，舉行聖樹的儀式。雖說單程得花上一年時間，想來會相當辛苦，但還是麻煩你了。因為我們也有職責在身。」

「明白了。」

儀式啊。雖然不知道會做些什麼，但算是一種形式吧。

距今十五年後，在德路迪亞村舉行菈菈的成人典禮……先寫在日記上免得忘記吧。

總之，雷歐的事情到此告一段落。很乾脆就解決了。

我安心地鬆了一口氣，袞耶斯也放鬆了肩膀的力氣。整個房間的氣氛都緩和了下來。

此時，袞耶斯突然望向莉妮亞。莉妮亞嚇到身子為之一震。

「接著，莉妮亞……我們家這隻厚臉皮的貓，為什麼會在魯迪烏斯大人身邊？」

「噢，關於這件事情呢，其實因為這傢伙打算經商，結果卻欠了一大──」

「問得好啊喵！」

莉妮亞打斷我的話並奮力衝到前面。

「其實，我和普露塞娜道別後原本打算開始做生意，但某天，天空突然降下猶如啟示般的東西喵。所以我才會遵從啟示的內容回到魔法都市夏利亞。而出現在那裡的，沒錯，正是聖獸大人！我認為就是這個喵，我就是為此而在這裡，是上天派我來照顧聖獸大人的！換句話說，我並沒有忘記德路迪亞族的使命，不如說正好相反，我是為了使命才不回村子，徹底履行了身為戰士的職責喵！」

真了不起。虧她能這麼厚顏無恥地說出這種謊言。

或許她從很早以前就想好了。

袞耶斯雖然一臉半信半疑，但是蜜妮托娜和提露塞娜卻已經信以為真了。剛才明明還用輕蔑的眼神看她，現在卻變成了尊敬的眼神。這兩個傢伙真單純。

不過，人如果輕蔑他人便會停滯不前，尊敬他人便能使自己成長……我好像曾在哪部漫畫看過。

找出差勁的傢伙有何優點，反而能促進自己的成長。

……不過，說謊還是不好。

「袞耶斯先生，其實這傢伙原本說要去從商，結果卻欠了一屁股債，我在她差點因此淪為奴隸時出手救了她。不過，說穿了也只是幫她代墊債務而已。」

「原來如此。」

「喵啊！老大，不可以把事實講出來啊！」

蜜妮托娜和提露塞娜再次變回輕蔑的表情。

「為了讓她還債，所以目前正讓她在我那裡工作。」

「意思是……她成為了魯迪烏斯大人的奴隸嗎？」

唔。仔細想想，莉妮亞是裘耶斯的女兒。聽到女兒被男人當成奴隸，身為一個父親會作何感想？是我的話，要是露西被當成奴隸，我會讓主人丟掉小命，並進一步湮滅事實。

不，可是說謊還是不好。

「那個，要老實講的話是這樣沒錯……可是，我絕對沒有把她當成奴隸來看待。只是作為朋友，想幫助她回歸社會……」

「不，沒關係。拋棄使命跑去賺錢，結果卻欠了一屁股債，給我們一族的英雄魯迪烏斯大人添麻煩，實在是有辱我們一族的名聲。無論要殺要剮，都悉聽尊便。」

喔喔。裘耶斯，想不到才一陣子不見，你竟然變成這麼通情達理的男人了。

不對，那個表情反而像是在感嘆自己女兒的不爭氣。

「爸爸，這樣不會有點過分嗎喵？我當時真的很危險喵。差一點就要成為變態貴族的洩欲道具……」

「的確，魯迪烏斯大人從小就是個精力旺盛的人。發情期也馬上就要開始了，到時還請隨意使用莉妮亞。」

「喵！爸爸你把女兒的貞操當作什喵了！」

莉妮亞生氣地舉起拳頭，而裘耶斯用銳利的眼神一瞪，以低沉的聲音大聲斥責。

「住口。如果妳還是德路迪亞族，就用身體去報答恩情！」

「嗚……嗚嗚……我……我知道了喵……是我不好喵……」

莉妮亞轉眼間就縮起身子躲到我的後面。要躲是不打緊，但別把胸部頂上來。我可不打算在妳發情期時對妳毛手毛腳。

「不論如何，確實需要一個人負責照料聖獸大人，何況我們也沒有餘裕償還莉妮亞的債務。請您把她帶回去吧。」

「我明白了。」

找人照顧嗎？雖然我認為雷歐沒有那種需求，但德路迪亞族也有使命在身。既然想照顧牠的話，我也沒有理由拒絕。

況且傭兵團的事業好不容易上了軌道，要是現在讓莉妮亞回村子的話，以我個人來說也很傷腦筋。

「不過，只有莉妮亞一個人我們也不放心。」

「也是呢。」

「老大，請你別同意這點喵……」

儘管莉妮亞講得很可悲，但我也能了解裘耶斯的心情。

莉妮亞應該不是什麼沒用的孩子，但最近有變得越來越沒用的傾向。

「再找一個人……這個嘛，從在場的蜜妮托娜和提露塞娜挑一位負責照顧聖獸大人一起帶走，你覺得如何？」

話聲剛落，蜜妮托娜和提露塞娜便站了出來。

她們兩人的打扮儼然就是個獸族戰士。

皮製的鎧甲、厚重的劍。充分鍛鍊過的身體，還有巨乳。雖說她們小時候胸部就很大，現在又變得更大了。對於巨乳控來說，獸族實在是讓人心癢難耐的種族啊。

「由我去喵。」

「不，由我去。」

「我的劍術比較好，頭腦也比較聰明喵。」

「騙人。我們都有上贊特港的學校，但成績是我比較好。」

難道她們這麼想負責照顧聖獸大人嗎？

要是得離開這塊土地長達十五年，當上族長的可能性不就幾乎消失了嗎？

或者說比起成為族長，負責照顧聖獸大人反而更加光榮？

「魔術的成績是提露塞娜比較高沒錯，但除此之外是我比較厲害喵。」

「才沒那種事，托娜是騙子。」

「騙人的是提露塞娜才對喵。」

她們兩個就像往年的莉妮亞和普露塞娜一樣互不相讓，表現自我。

啊，這麼說來……

「是說普露塞娜還沒有回來嗎？」

我如此提問的瞬間，裘耶斯面露難色。

★　★　★

「在這裡。」裘耶斯這樣說著，帶我來到位於村子一角的建築物。

對我而言，是棟令人懷念的建築物。真的很懷念。我也曾在這裡住過一段時間。住起來可真是相當舒適啊。雖說住到一半得跟一個猴子臉的中年大叔同居，但就算這樣依舊很舒適。尤其是保全系統十分萬全──好啦不玩了。

簡而言之，就是牢房。

莉妮亞不肯進到裡面，似乎是對這棟建築物有過討厭的經驗。

「……」

普露塞娜以非常慵懶的感覺躺在附設的床上。

雖說和我不同並沒有被全身扒光，但打扮也相當裸露。

與性感完全扯不上邊的灰色襯衫，還有七分褲。

她以這副模樣背對著鐵欄杆，同時把手伸進褲檔裡面在尾巴的根部輕輕抓癢。顯然毫無女人味。

「喂，普露塞娜，起來。」

「嗯～我已經吃不下了的說……」

聽到袞耶斯的呼喊，她邊用老套的夢話回應，同時輕輕地搖著尾巴。

「吃飯的時間到了。」

「……嗯啊！」

然後在聽到古典套路後猛然一顫，接著挺起身子。

「呼啊～……」

她用力地伸了懶腰，輕薄的襯衫立刻被胸部撐了起來。

依然這麼豐滿。幾乎要撐爆了。這對眼睛有毒，而且是解毒起不了作用的毒。

「奇怪？聞不到飯的味道的說。」

她一邊抽動著鼻子，同時睡眼惺忪地環顧周圍。然後，注意到了這邊。

「普露塞娜，有客人。」

普露塞娜在牢房裡面露出一臉呆滯的表情。

但是在看到我的身影後立刻瞪大雙眼，整個人衝向鐵欄杆。

「老大！不是的說！我是無辜的說！拜託你救救我的說！」

我傻眼地看著抓住鐵欄杆大叫的普露塞娜，裘耶斯則是重重地嘆了一口氣。

第九話「肉乾竊盜事件」

大約在十天前，雨季的德路迪亞村發生了一起事件。

被保存在食物儲藏室的強固蜥蜴肉乾，遭到某人親手殺害……不對。是被某人親口吃下肚子。

德路迪亞族的戰士團立刻為此展開了調查。

調查的結果，一名女戰士以嫌犯的身分浮上檯面。

普露塞娜·亞德路迪亞。

她在大約半年前回到德路迪亞村，是亞德路迪亞族族長之女。

「我是為了使命而回來的族長候補的說，莉妮亞是喪家之貓的說。」

擁有從拉諾亞魔法大學畢業的這項輝煌經歷歸來的她這樣宣稱，並加入了德路迪亞族的戰士團。

在這裡所提到的族長，是指以泰德路迪亞、亞德路迪亞為首，立於冠以德路迪亞之名的族長頂點，統率整個部族的存在。

只不過，那並非想當就能簡單當上。

為了成為族長，必須要有相符的實力以及戰士們的信賴，而且在前任族長引退之前都必須擔任戰士長一職。

以普露塞娜擁有的經歷以及能力，要當戰士長可說是綽綽有餘。但是在加入戰士團之前便出外旅行，離開故鄉十幾年的普露塞娜還不習慣戰士團。

因此，現任族長裘耶斯為她設立了實習期間。等到她記清楚村裡的工作、團員的長相以及味道時再任命她為戰士長，然後一步一步升到族長的位子……這就是她之前所處的立場。

就算說是成名快徑也不為過吧。

能使用高等治癒魔術的普露塞娜，轉眼間便贏取了戰士們的信任。

裘耶斯也判斷這樣一來應該沒問題，宣布等到這次雨季結束就為她招贅夫婿，並擔任戰士長。

然而就在這時，事件發生了。

在事件當天的深夜，輪到普露塞娜值班看守食物儲藏庫。

由於食物儲藏庫收納了用來度過雨季的大量食材，每到夜晚就會以兩人一組負責看守。一同值班看守的人名為卡娜魯娜，她是亞德路迪亞氏族的女戰士。

當天，卡娜魯娜身體狀況有些不適。

因為前幾天有魔物出沒，她在擊退時所受的傷開始化膿。儘管當事人堅稱沒有大礙，但早班的人也提出「換班的時候她一臉鐵青」這樣的證詞。

普露塞娜表現出下任戰士長的風範，對這樣的她下達指示：「妳回去休息的說，責任由我來扛的說。」卡娜魯娜聽從她這句話，決定躺在休息室休息。

她原本只是打算稍微歇會兒，但或許是受傷的身體啟動了療傷的本能，卡娜魯娜陷入了熟睡。

然後，隔天早上。其中一名來換班的戰士抵達了倉庫。但是當他到來之時，原本應該站在倉庫前面的守衛卻連一個也不見蹤影。認為事情有異的他往倉庫裡面一探究竟——然而出現在眼前的竟是被吃得亂七八糟的食物，以及嘴巴周圍沾著食物碎屑，撐著肚皮一臉滿足地睡著的普露塞娜。

普露塞娜被視為現行犯當場逮捕。

在這個德路迪亞村，盜取雨季的庫存糧食是重罪。

戰士們對她的評價驟變，升任戰士長的計畫也破碎。當然，族長的寶座也消逝而去。

如此這般，所以她才會被關在牢房。

然而，身為嫌犯的普露塞娜卻這樣說道：

「那天有人從背後打昏我，當我清醒的時候已經在食物儲藏室的說！」

「是有人陷害我的說！真是 Fuck 的說！老大，求求你的說！拜託你找出真凶的說！」

「一定是有人不想讓我當上族長的說！像蜜妮托娜和提露塞娜她們就很可疑的說！」

「說起來就很奇怪的說。如果我是犯人，怎麼可能會用這種立刻穿幫的方法的說！讓卡娜魯娜回去休息也太刻意，何況量也是，我應該會只吃不被發現的量才對的說！」

普露塞娜拚命地主張自己的清白。

我也有經驗，名為獸族的種族，很擅長憑第一印象就把人冠上莫須有的罪名。

如果她真的沒做的話，我自然會想幫她。

我湧起這個想法，決定試著稍微調查看看。

在德路迪亞村，有泰德路迪亞族和亞德路迪亞族在這裡共同生活。

由於是養育聖獸大人，守護牠的村子，因此戰士很多，但也會被作為撫養小孩的場所使用，所以已婚人士和小孩也不少。總數大約五百名的大批村民目前正住在樹上生活。

大森林一旦進入雨季樹下便會形成濁流，就好比是陸上的孤島。

因此是外來人士下手的可能性極低。

能像我這樣移動各地的人想來並不多。

假如嫌犯普露塞娜說的是事實，那麼極有可能是村裡的某人陷害了她。

我立刻請求助手亞斯以及袞耶斯警官的協助，幫忙集合事件相關人員的證詞與證據。

「就是這麼回事，走吧，亞斯。」

「亞斯是誰喵？」

「就是妳啊，莉妮亞。在某個國家都會把助手稱為亞斯。」（註：出自遊戲《港口鎮連續殺人事件》，玩家的助手真野康彥的綽號）

「啊，是嗎……」

裘耶斯被稱作警官卻也沒特別抱怨，只是嘆了口氣說：「我認為只是白費功夫。」但還是為此展開行動。

【第一目擊者　戰士基梅爾的證詞】

「你就是第一目擊者嗎？」

「是。」

我看到那位青年時湧起了一股既視感。總覺得好像在哪見過他。

先問看看吧。

「基梅爾↓詢問↓以前的事」

「我是不是在哪見過你？」

「是，在十年前落水時，您有出手救過我。」

啊啊，原來如此，這麼一提，我十年前在雨季的大森林曾和瑞傑路德一起救過少年。

是當時那個搖著尾巴的少年嗎？真令人懷念。

不對，這種事先放一邊。先問跟案件有關的事。

「十天前，普露塞娜進行偷吃的現場是什麼感覺？」

「呃，裝著蜥蜴肉乾的箱子是開著的，普露塞娜小姐躺在那前面睡覺。她捧著吃得飽飽的肚子幸福地說：『我已經吃不下了。』」

之所以能馬上想像得到那副光景，是因為我剛剛才看過吧。

「……換句話說，沒有人親眼目擊到普露塞娜吃下肉乾的那一幕，是嗎？」

「是的。可是普露塞娜小姐的牙齒還卡著肉，旁邊掉著吃到一半的肉，上面也有普露塞娜小姐的唾液味道。」

德路迪亞族的搜查方式很特殊。

他們對案件會以氣味來判斷對錯。

他們對自己的鼻子有著絕對的自信。

要是這樣的他們認定「檢測出唾液的味道」的話，代表證據十分充足。

然而，這個搜查方式存在著漏洞。

「普露塞娜的肚子塞得鼓鼓的……可是，並不清楚肚子裡面塞的是不是肉乾。沒錯吧？」

「不，她打嗝有蜥蜴肉的味道。我自己也吃過，肯定不會錯。」

結果沒有漏洞。

從肚子裡也發出了氣味，換句話說，除非是被人用大剪刀剪開肚子直接塞到胃裡面，不然幾乎可以確定普露塞娜有吃過肉。

「其他還有什麼嗎。比方說……普露塞娜以外的人的腳印之類。」

「不管是腳印、氣味還是毛髮都沒有遺留在現場。」

原來如此。至少可以研判真凶完美地湮滅了證據。

【夜哨　卡娜魯娜的證詞】

「卡娜魯娜小姐，請問值班那天，普露塞娜看起來狀況如何？」

「是，她一直碎碎唸說：『從早上就什麼都沒吃的說，快要餓扁的說。』」

看來當天的普露塞娜非常飢餓。

不過，這樣聽來實在令人匪夷所思。我認識的普露塞娜就算不是用餐時間也總是在吃著什麼。

像是肉乾、燻肉，有時還會吃生肉。那樣的她竟然什麼也沒吃……

感覺是有人預謀好的。

「為什麼她沒吃任何東西呢？」

「因為前一天擊退魔物時，出現了不少傷患。」

報告書上面也有提到，在事件的前一天出現了大規模的魔物集團。

儘管非戰鬥人員之中沒有人負傷，但據說戰士團受到了嚴重的損害。

「哦？」

「普露塞娜是這個村子唯一的上級治癒魔術師，所以她為了治療受重傷的人四處奔波。最後還因為魔力不足而倒下……」

普露塞娜曾因為耗盡魔力而倒下。

這種事我也有經驗，一旦耗盡魔力就會失去意識，不躺上半天到整整一天是起不來的。

而普露塞娜也不例外地不省人事……醒來時正好是值班的時間。

所以她才會沒吃沒喝直接前去交班。

「沒有先讓她先吃點什麼的選項嗎？」

「因為這是規定。」

在雨季的德路迪亞村，基本上嚴禁吃點心或是在用餐時間外進食。

這是為了要妥善管理食材，保證村裡的人能撐過三個月，

「當天讓普露塞娜不用值班的選項呢？」

「由於前一天的魔物數量很多，大多數的戰士都睡得很熟，人手實在不足。雖然我原本也想讓普露塞娜也去休息，但她說：『我只是肚子餓的說』。」

原來如此，想必是受到要當上族長的使命感驅使吧，真是了不起。

真想說給從前老是找理由藉故休息的我聽聽。

「然後，那起事件就發生了，是嗎？」

「是的，我現在依舊會覺得……要是當時至少有去找些食物給她的話就好了。」

這樣聽起來，似乎有酌情從寬的餘地。

不對，普露塞娜可是主張自己沒吃啊。

【亞斯的意見】

「亞斯……不對，莉妮亞，妳聽了這些話後有什麼想法？」

也問問看助手吧。畢竟她是普露塞娜的朋友。

「我早就覺得那傢伙肯定會幹這種事了喵。」

「唔嗯。」

「普露塞娜從以前只要肚子餓了，就會有偷吃附近食物的這種壞毛病喵。在學校時也是，她還曾經吃掉我想拿來當點心的小魚乾喵。」

有前科……好吧。

像這樣像詳細聽取各方的證詞之後，可以知道有個人的證詞明顯很奇怪。

看樣子有一個人在說謊啊。

會是誰呢？

「↓普露塞娜」

沒錯，就是普露塞娜。

唯獨那傢伙不承認自己的行動。還說什麼有人從後面毆打她。

再回到普露塞娜一趟問個水落石出吧。

「移動↓村外↓牢房」

「普露塞娜↓詢問↓事件」

「普露塞，真的不是妳做的嗎？看著我的眼睛老實說。」

「是真的，老大。請你相信我的說……」

普露塞娜的眼神閃閃發亮，雙手交握。但是尾巴正可疑地擺動。

套個話看看吧。

「我應該可以幫忙辯護，設法讓妳從這裡出來。」

「不愧是老大的說！」

「不過，萬一出來之後發現妳是在說謊，我打算罰妳在一年內都不能吃肉。」

「當當當……當然是真的的說。」

「不過，妳能向神發誓嘛？」

「我……我發誓的說……！」

普露塞娜的眼神在漂移。

太可疑了，這是在說謊的傢伙才會有的眼神。

「我絕對不會原諒侮辱我的神的傢伙。」

我把手穿過鐵欄杆緊緊抓住普露塞娜的頭，盯著她的眼睛這樣詢問：

「妳真的能向神發誓嗎？」

我是多麼虔誠的一個人，相信普露塞娜也很清楚。

她一臉鐵青，全身不停地打顫。尾巴縮在兩腿之間，用雙手握著前端。

「講清楚！」

「是……是我幹的說……」

很乾脆就招拱了。

就這樣，事件落幕。

犯人果然就是普露塞娜．亞德路迪亞。

由於她不願承認自己的罪行，揑造出了不存在的第三者，打算把罪行嫁禍給那個人。真是個厚臉皮的傢伙。

不過，她或許……也只是被肉的魔性所迷惑的其中一名犧牲者。（註：出自《搞笑漫畫日和》的熊吉著名台詞之一）

「裘耶斯先生，真是麻煩你了。」

「不……比起那個，選普露塞娜真的好嗎？」
裘耶斯以傻眼的表情看著整個事情的過程，在大局底定後這樣詢問。
「你指的是什麼？」
「就是要從我們村裡帶走一個人，負責照顧聖獸大人的那件事。」
他露出一臉儘管帶走的表情。
咦？不，我從來沒說過要讓普露塞娜負責照顧聖獸大人啊。
啊，可是先提到普露塞娜的人是我，以當時的對話來看或許是這樣沒錯……
「這樣真的好嗎？」
「不好。」
我當然不需要。
畢竟要是普露塞娜出入我家的話，家人肯定又要懷疑我搞外遇。
我可是還想再跟希露菲與洛琪希生個第二胎呢，才不想被這種蠢蛋破壞我的家庭。
況且這傢伙感覺會默默吃光家裡的肉，讓愛夏和莉莉雅板著一張臉。
會舉雙手贊成的頂多只有艾莉絲吧。
既然這樣，還是找做事更認真，不會被懷疑搞外遇的人比較妥當。我想想……像戰士基梅爾應該還不錯吧？
「這樣啊，那麼，果然還是從蜜妮托娜和提露塞娜中挑一個如何？」

「不，那兩個人是族長候補吧？還是再找其他人比較……」

我邊和裘耶斯討論邊走出牢房。

「啊——等等的說！老大，不要丟下我不管的說！放我出去的說——！求求你帶我一起走的說——！我不想再過吃不到肉的生活的說——！」

同時也無視從後方傳來的聲音。

「喵哈哈哈哈哈！」

此時，在外頭等待的莉妮亞笑著笑著走進牢房裡面。

這應該是她這次回來第一次走進來。據說她從前有過全裸被關進這裡的經驗，因為會想起當時那屈辱的記憶，討厭那樣才頑固地拒絕。

「嗨，普露塞娜，妳看起來氣色不錯喵！」

「莉……莉妮亞！雖然剛才就有聞到氣味了！妳為什麼會在這裡的說！」

莉妮亞不知何時戴上了墨鏡。

這是工作時用的那個。用來遮住變成$記號的眼睛。

「為什麼？哼哼……妳還不懂喵？」

莉妮亞一邊這樣說著，一邊抓住我的手臂用胸部壓了上來。是故意的吧。

啊啊，不行，人家要流出發情的氣味了……

「該……該不會，莉妮亞……妳……妳和老大……？」

普露塞娜使勁抽動鼻子，表情變得十分驚愕。

莉妮亞則是咧起嘴角，露出討人厭的笑容。

「沒錯喵……啊啊，真讓人懷念喵，那個熱情的夜晚。我在寢室，被老大像公主一樣抱住……啊啊，不能再繼續說下去了喵！不過，我在那天被老大弄得哭了好久啊喵。」

不就是被我抱起來丟到房間外面嗎？而且丟得還很隨便。後來她好像在艾莉絲的房間一個人啜泣。勉強算是沒有說謊。

「怎……怎麼會，老大……他明明說這樣對不起菲茲和洛琪希，連看都不看我們一眼的說！」

「喵哈～只不過是普露塞娜的魅力不足吧喵～？畢竟我一個人的時候老大就展開行動了喵。哎呀～阿斯拉貴族的格雷拉特家血脈真的很激烈喵。像第一個夜晚，甚至連肋骨都差點被折斷了喵。」

「肋……肋骨……！你……你們的交配到底多激烈的說！」

是指和艾莉絲第一次睡的那晚吧。艾莉絲在睡覺時偶爾會使出像是要把對手絞殺的力道。我也中過那招。雷歐也是。莉妮亞也同樣。莉妮亞在隔天早上好像還噙著淚水請希露菲幫她施加治癒魔術。嗯，這也沒有說謊。

「莉……莉妮亞，妳……妳成為老大的妻子了的說？」
「討厭啦，才不是妻子喵…………不過，算是奴隸吧喵。」
「奴隸？」
普露塞娜頓時面紅耳赤並摀住嘴巴。嗯，奴隸……是沒有錯啦。
「不過，待遇其實挺不錯的喵。雖說是奴隸，但也有指派工作給我，還有五個部下喵。不會像普露塞娜這樣被關進牢房，也在老大家倍受寵愛。啊，不過，德路迪亞族長的地位應該比較高吧喵？雖說普露塞娜應該當不成了喵……喵哈哈哈哈哈！」
牢房內頓時迴盪著高亢的笑聲。
「莉妮亞——！」
普露塞娜滿臉通紅，用力地晃動鐵欄杆。
然而，她的手卻逐漸失去力氣，無力地跪在地上。
「嗚嗚……太過分了的說，那一天真的很忙，從早上就什麼都沒吃的說……就連我吃掉的，頂多也不過和我一餐吃掉的量差不多的說，只要把打倒的魔物加工，要填補應該綽綽有餘的說……」
她跌坐在牢房的地上哽咽地啜泣起來。
此時，莉妮亞放開了我。
「哈～滿足了喵……」

她擺出了無比滿足的表情。這傢伙真過分……

不過話說回來，我認為普露塞娜應該有酌情裁量的餘地。根據收集到的情報來看，從深夜到早上一直都有魔物襲擊村子。之所以會造成這麼大的災情，應該把責任歸咎在當天的守衛身上。而這件事連帶影響到身為治癒魔術師的普露塞娜。她在擊退魔物之後還拚命地使用治癒魔術。我想許多人也是多虧有她在才能得救。

然而，普露塞娜最後卻也因為耗盡魔力而倒下。

清醒之後甚至沒有時間吃飯就去值班看守……這確實太操了。

應該也有一部分是迫於無奈才這麼做。

不過，她幹的事情是竊盜。就算一整天都沒吃東西就去站夜哨，也不構成偷吃的理由。就算在我前世的世界裡，一旦警察犯罪的事實遭到揭發，在那個當下就會脫離成名快徑的行列。

就算有酌情裁量的餘地，犯罪就是犯罪。因為她打破了村子的規定。

就算因此而無法成為戰士長甚至是族長，也是無可奈何。

「啊，老大、爸爸。」

莉妮亞這時轉身面向我和裘耶斯，並換上嚴肅表情。

「我有事想拜託你們喵。」

莉妮亞低下頭，是四十五度角鞠躬。

「……我希望能讓普露塞娜負責照顧聖獸大人的工作喵。」

此時莉妮亞抬起頭，向我和裘耶斯投以銳利視線。我看到這個視線後也端正了姿勢。

「我們在遙遠的異國土地，為了當上族長而一路努力了過來喵。我們相信自己比任何人都努力喵。否則的話，也不可能拿下首席喵。雖說我在最後的最後輸給了普露塞娜，把這條路讓給了她，可是，一想到是因為普露塞娜更適合擔任族長，也就能接受了喵。但是卻只因為一次的失誤，讓所有努力付之一炬，這樣實在太悲哀了喵。」

莉妮亞說到這裡吸了一口氣，抬頭望著裘耶斯。

「我希望能給她機會喵。往後的這五年，不對……十年。要是普露塞娜有好好照顧聖獸大人，確實地完成職責，將老大的女兒帶回來的話，希望能讓她把這次的失誤將功贖罪喵。不是說要讓她成為族長喵，但希望至少能給她一個相稱的地位喵。」

這段話實在矛盾。

莉妮亞本身放棄了職責成為商人，顯然沒有資格要求這麼做。

基本上，會犯下這次的過錯，也是因為普露塞娜的自制心不足所致。

從聽到的狀況來看，確實有酌情裁量的餘地。雖然我是這麼認為……但做了就是做了。想要藉由說明至今都很努力就把這件事付諸流水，也實在想得太美了。

這種事情根本說不通。

「不行。」

裘耶斯也這樣說。過去犯下的錯誤既不會消失，也無法一筆勾銷。

這是理所當然。
只是，儘管如此。就我個人的感情來說的話。
我還是希望努力能夠得到回報。

普露塞娜真的很努力。
她雖然每天都會把肉塞得滿嘴都是，但始終很認真上課。
因為我們會一起上治癒魔術的課，所以我很清楚她有多麼努力。
毫無疑問，她付出的努力比別人多上一倍。所以，儘管獸族對魔術不太拿手，她仍然拿下了首席的成績。
既然努力了，就想得到回報。這是我的願望。
因為我自己正在努力，也想得到回報。所以這不過是我一廂情願的想法。
「裘耶斯先生，我也能拜託你嗎？」
「咦？老大？」
「…………」
可是，如果我站在能給予別人回報的立場，自然會想盡可能讓他們得到回報。
裘耶斯露出苦澀的表情，但馬上就抬起頭說道：

「……我明白了，就這麼辦吧。」

如果是以前的裘耶斯，這時或許會頑固地說Ｎｏ吧。

畢竟照顧雷歐似乎是一份非常光榮的工作，自然不可能把這樣的工作交給偷吃的犯人。而且，要是能完成這份職責就把過錯一筆勾銷？這樣根本划不來。對普露塞娜而言根本就是百利而無一害。

實際上，我也不認為自己的判斷正確。肯定是不對的。

所以，這就像是一種任性罷了。

「莉妮亞、普露塞娜，妳們可要確實完成任務。知道了嗎？」

「是的喵！」

「是的說！」

兩個人說完這句話後，同時低頭致意。看到這一幕，我突然有感而發。

這兩個傢伙，果然還是聚在一塊兒比較好。

歸途是乘坐土筏前往聖劍大道，移動到石碑附近後覺得是時候了，然後便吹響笛子，順利地召喚阿爾曼菲，經由空中要塞回到夏利亞。

「好懷念的場所的說。我從前曾在這座城鎮站上頂點，沒想到如今又回到這裡的說……」

普露塞娜一看到魔法都市夏利亞的城牆，立刻感慨萬分地這樣低喃。

沒錯，她回來了。

回到可說是她第二個故鄉的魔法都市夏利亞。

「啊，普露塞娜，忘記跟妳說了喵。」

「什麼的說？我現在正沉浸在感傷的氣氛的說，麻煩長話短說的說。」

「因為是我救了妳，妳暫時得當我的僕人喵。」

「咦？」

作為莉妮亞的僕人。

第十話「另一名奴隸 前篇」

自從那起悽慘的肉乾殺人事件後，已過了幾天。

普露塞娜和我們一同回到魔法都市夏利亞，受到我家的艾莉絲百般寵愛，並順理成章地當上傭兵團的幹部之一……但總之先把她的事放到一邊吧。

那一天，我一如往常和札諾巴一起對魔導鎧進行改良。

我們一邊局部改造「二式改」，同時開發更為強力的三式和四式。

雖說靈感如思泉湧，但大部分要不是無法實現，再不然就是難以實現。儘管開發遲遲沒有進展，但是和某人一起孜孜不倦地持續著某事，實在令人感到樂此不疲，所以我今天也和札諾巴面對面，快樂地盯著設計圖。

事情就是在這時發生的。

「茱麗似乎有祕密瞞著本王子。」

札諾巴突然說出了這句話。

「祕密？那個茱麗？」

「正是如此。她似乎瞞著本王子在偷偷摸摸地做些什麼。」

「哦？」

真是稀奇，札諾巴會煩惱人偶以外的事情。

而且竟然還是與茱麗有關。

想必是因為和她一起生活了一段很長的時間，如今她的存在也在札諾巴的心中占有一席之地了吧。

「偷偷摸摸是指？」

「她最近會一個人出門去市場。就算問她買了什麼也不肯回答。而且，她不願意讓本王子看前陣子製作的人偶，似乎還趁本王子不注意的時候偷偷摸摸在做什麼。然而就算問她在做什麼，到最後也總是會岔開話題……」

「這個嘛，畢竟茱麗也長大了，應該是到了那種時期吧？」

就在前陣子，茱麗的身體產生了變化。身體的變化會帶動內心的變化。換句話說，茱麗也差不多到了這個年紀，就是青春期。

雖說札諾巴從茱麗還小時就陪在她身邊，但終究是個男人，想必她也有一些被知道會覺得害羞的事吧。

像是內褲的顏色之類。

「本王子應該怎麼做？」

「放著不管就行了吧？」

不管是誰都會面臨青春期這個階段。

這是小孩逐漸產生變化，邁向大人的一段時期。

因為會產生變化，所以周圍也必須改變對應方式。從對待小孩，改為對待大人的方式。要是這時勉強繼續沿用以前的做法去對待，轉眼間就會進入叛逆期。

不過，不可能馬上就找到最適合的對待方式。

因為人和人的相處方式沒有一套標準。

所以必須要花上時間，慢慢地重新親近彼此。

「唔嗯——既然是奴隸，應該也能來硬的問個清楚才是……」

「你打算逼問她嗎？」

「不不不，雖說茱麗待在本王子身邊，但實際上是師傅的奴隸。本王子並沒有那麼大的權限。不過，如果師傅要求這麼做，本王子也不會反對……」

雖然嘴上這麼說，但札諾巴的眼神卻很猶豫。

說是我的奴隸只是推託之詞，就算是他自己的奴隸，應該也不會硬逼茱麗說出實話。

是啊，我也是如此。

「總之，既然她沒做什麼壞事，也沒有引發什麼嚴重問題，應該沒有關係吧？」

「唔，對本王子而言，不肯讓本王子觀賞人偶已經是嚴重問題了……」

「話是沒錯……嗯～既然這樣，不如找金潔小姐商量如何？」

就算是不能對男人說的事情，對女人就能說；就算是男人難以啟齒的事情，女人就能說得出口。

如果對方是處於敏感年紀的女孩，想必也會有這種狀況。大概。

「唔？喔喔，說得沒錯啊！金潔的話肯定能把這件事處理好！」

不過這樣說來，茱麗也到了青春期……時間過得真快啊。

我家的露西也很快就會面臨這種時期嗎？

最近她開始沒有那麼嫌棄爸爸，彼此正建立起良好的關係。

但是，總有一天會真的嫌棄我，擺出一張厭惡的臉嗎……

不要和爸爸的內褲一起洗！之類。我才不要泡爸爸洗過的洗澡水！之類。

嗚嗚……光是想像胃就開始痛了。

雖然不至於勉強她和我一起洗澡，但起碼要跟我一起吃飯啊……

「話說，師傅，稍微換個話題。」

「喔。」

「您對箱子有興趣嗎？」

「箱子？」

他說的箱子是什麼？小型演唱會的展演空間？（註：舉辦小規模演唱會的展演空間，日文俗稱「箱」）

不對，不只是演唱會，只要是人聚集的場所就叫作箱子來著？

畢竟最近成立了傭兵團，把人集合起來的機會也在陸續增加，所以先取得有關箱子的知識也好。我很有興趣喔。

……呃，應該不是吧。依札諾巴的個性來想，八成是珠寶盒或是那一類的事情。畢竟那種箱子根據用途不同，的確也是有講究的。

像是在佩爾基烏斯那裡看到的寶箱，簡直可以用豪華絢爛來形容。

不過裡面是空的就是。

「嗯，其實本王子找到一名不錯的工匠，想說務必要介紹給師傅認識。」

老實說，我對箱子那種東西沒什麼興趣……

不過，難得札諾巴會邀我去那種工匠的地方。

「那是什麼樣的箱子？」

「是鑲有美麗裝飾的箱子。如此精美的箱子，就連本王子也很少看到。應該說……啊，接下來就請您親眼拭目以待了！」

喔喔。我記得只要和人偶有關，札諾巴是什麼都能誇，但除此之外的東西多半都會給出差評。想不到還有東西能讓這個男人如此誇讚啊。

讓我稍稍湧起興致了。

「那麼我就去看一下吧。」

「本王子就知道師傅肯定會這麼說。」

聽到我說完這句話後，札諾巴笑容滿面。

★★★

那間店位於工匠街的深處。

不知道是第幾段，但座落在相當裡面的位置。

和商業區相較之下，工匠街的行人較少，建築物也很單調沒有特徵，道路錯綜複雜且容易迷路。

就連為數不多的行人也以脾氣古怪的工匠居多，大步走在路上的都是和笑容扯不上邊的人。

如果小孩待在這，說不定沒過多久就會感到不安而嚎啕大哭。

札諾巴沒有在這樣的工匠街隨便亂晃，而是像來到自己的地盤一般移動。

我們彎進說不上是三岔路還是五岔路的奇怪小巷，走下小小的樓梯，這會兒又立刻爬起漫長的樓梯，通過掛著大量洗滌衣物的小巷，穿過冒出紫煙的工房。

就這樣走著走著，最後抵達了一間店。

店面的大小與小間民宅相差無幾。

絕對稱不上大，也沒有招牌。

由於隱約可見煙囪冉起白煙，至少可以肯定裡面的確有人。

以為這裡是某種店家的人顯然不多。

「就是這裡。」

札諾巴打開店門，告知有人來訪的鐘聲也隨之響起。

店裡面很昏暗。

只有從窗戶照進的日光可充當光源。

而且，由於樸素的展示架雜亂擺放，讓店裡面感覺更為昏暗。

不過，只要透過從窗戶照進來的陽光，依舊足以確認四周。

商品。擺放在架上的，是經過打扮的女孩人偶。

應該和所謂的陶瓷娃娃很相像，但由於材質是木材，相似的只有外表。
人偶被放進鑲有華美裝飾的木箱裡面，小心翼翼地陳列在架上。
不管是人偶還是箱子，都與店內的氛圍和簡樸的展示架十分不搭，製作得相當精巧。
這就是札諾巴所說的箱子嗎？
「如何，師傅？」
「原來如此，這箱子的確不錯。」
「可不是嘛。」
說實話，比起人偶本體，箱子製作得更加精巧。
每個箱子都分別選用適合人偶個性的木材，經過仔細的裝飾雕刻之後，再以寶石或昂貴的布料裝飾。簡直就像精巧的床模型。當然，每一個都不是相同款式，全都是特別訂做。
只不過，無機物的陶瓷人偶放在充滿現實感的箱子裡，看起來實在有些不協調。
如果不是放這種人偶，而是將我做的人偶模型擺在裡面，箱子看起來會更加漂亮。
從完成度來看，感覺製作者比起人偶更愛箱子。
「嗯？」
我進一步仔細端詳，發現箱子上有用小小的字寫著名字。
蕾菈、阿比、蘇菲雅、克菈菈、法蘭西奴以及納塔莉。
「札諾巴，這些名字是？」

「是人偶的名字。」

「原來如此。」

我們做的人偶模型不會取名，因為存在著真實的模特兒。

但是，在前世的世界有許多人會為陶瓷人偶和泰迪熊取名。像這樣被取名的人偶，大致上都會被長時間疼愛。

雖說人偶的完成度比箱子遜色不少，但絕不代表製作者比較愛著箱子。沒錯，就算自己的女兒多少難看了些，但不會有父母不愛自己女兒。

當然，我女兒就如同寶石工藝品一樣可愛。

「讓本王子介紹製作者給您認識吧。」

當我腦內正在胡思亂想時，札諾巴像是要從人偶中間穿過去般地朝店裡面走去。

我匆忙地跟了上去，穿過展示架區域之後，來到了氣氛有些不同的空間。

從唯一的一扇窗戶傾瀉而下的陽光底下，有一張巨大的工作桌。

在桌上擺放著連我也很清楚的各式各樣的道具。

木材、黏土、木籤、刨木刀，畫筆、銼刀、刮刀、雕刻刀以及鑿子……

每項物品都是在製作人偶時會使用的東西。

看來這裡是店鋪，同時也是工房。

然後，在這間工房有一名男子。

這名男子坐在桌邊背對著我們，專心地製作著某種東西。

札諾巴注意到他沒發現我們的來訪，便拿起放在附近的鈴鐺搖了三下。

噹啷噹啷噹啷。

當帶有涼意的金屬聲響起之後，他的身子猛然一震。

接著他緩緩起身，並轉向我們這邊。

「是誰？」

和札諾巴的身高差不多。

銳利的眼神、消瘦的臉頰、散亂的頭髮、粗糙的手掌。

他瞪大眼睛環視周圍，然後發現了搖響鈴鐺的人。

看到那名人物是自己認識的人後，他的嘴巴張成半月狀，大聲喊出頗為尖銳的聲音。

「哎～呀哎～呀！這不是札諾巴大人嗎！」

「嗨嗨，本王子又來了，貝爾夫里特先生！」

「如果是你的話我當然歡迎！請問今天有何貴幹？」

大嗓門和外表看起來也莫名神似，而且他們看起來相當要好。

搞不好是失散多年的兄弟之類。

「本王子今天來，是想把以前曾提過的師傅介紹給你認識。」

「喔喔，就是那個生出美麗女孩們的父親嗎！」

「正是！」

札諾巴這樣說完，便轉向我這邊指著他說道：

「師傅，這位是工房的主人貝爾夫里特先生。擺放在店內的各種出色的『床』就是由他所製，是個十分有才的工匠。」

札諾巴誇獎的方式比平常還要更有敬意。

被這樣介紹，想必心情會很好吧……

「然後，貝爾夫里特先生，這位是本王子的師傅，偉大的大魔術師，魯迪烏斯・格雷拉特大人。他是能做出全世界獨一無二人偶的偉人，也是值得被後世永久流傳的存在。還麻煩你別做出失禮之舉。」

介紹我的時候是滿滿敬意，這樣反而覺得尷尬。

不會流傳到後世也沒關係啦。

反正肯定會被傳成是個取了好幾個妻子的好色之徒……

「我早就久仰大名了！據說您不只身為一流魔術師，甚至對這方面也有高深的造詣！」

「不會，和札諾巴相比，我只能算是才疏學淺。」

「您太謙虛了——！」

這樣過度評價讓我很困擾。

和平常就埋首收集藝術品的札諾巴與佩爾基烏斯相比，我其實真的是才疏學淺。

我擁有的頂多是前世帶來的人偶模型知識，而且還只摸到皮毛。
「不過話又說回來，這裡的箱子實在精緻，我第一眼看到的時候——」
「是『床』。」
被他用強烈的語氣打斷了。
「那是我家女兒睡覺的場所。還請您稱呼為『床』。」
看來有自己的堅持。
「床啊，了解。確實是很適合被稱為床的作品。」
「將來我們或許會有合作的機會，還請您千萬注意要稱呼。」
「呃……喔。」
也罷，反正只是把箱子稱為床而已。
此時，我望向札諾巴，他的臉上滿是歉疚。
想必這傢伙也曾因為喊錯名字而惹怒對方啊。話雖如此，這傢伙私底下好像也說那是箱子……
不管怎麼樣，雖然個性有些難搞，但他的技術以及對「床」的堅持堪稱一流。
或許哪天真的會有合作的機會。
如同把昂貴的畫作裱進昂貴的畫框一般，高級的人偶也應該要放進高級的容器。
因為瑞傑路德人偶計畫不需要高級的容器，應該要從別的地方著手，比如說贈送給佩爾基烏斯的禮品，或是推銷給阿斯拉王國貴族的商品之類。用途要多少有多少。

「貝爾夫里特先生，不管你是再怎麼優秀的工匠，怎麼可以對師傅用那種態度——」

「好啦好啦，札諾巴。沒有關係，有自己的原則是很重要的。」

雖然札諾巴一臉不滿，但是對貝爾夫里特而言，擺放人偶的箱子就是「床」。

正因為他抱著能讓人偶舒服入睡的心情去製作，才能夠完成優良的作品。

「說到合作……」

此時，貝爾夫里特像是回想起什麼似的望向札諾巴。

「前幾天，札諾巴大人專屬的人偶師有來店裡一趟。」

專屬的人偶師……？

「茱麗來過？」

喔喔，原來是茱麗啊。

該怎麼說呢，或許是因為我對茱麗的印象還停留在年紀還小尚未成熟的階段，「專屬人偶師」這種稱呼聽起來很像職業老手，所以感覺很不協調。

不過，她的技術已經達到了相當高的水準。

除了魔術以外的部分，老早就已經超越我了。

即使以這個世界的水準來看，也確實足以稱為出色的人偶師。

「本王子應該沒有拜託來買東西才對……」

「然後，關於那個茱麗小姐，想不到，真是想不到啊！」

貝爾夫里特無視札諾巴的反應繼續說下去。

而且，似乎還想起了什麼，變得異常興奮。

該不會這傢伙是天生的蘿莉控，目擊到茱麗出了某種洋相的一幕吧。

雖說興趣似乎合得來，但真不想讓他接近我家女兒。

「茱麗她怎麼了嗎？」

「想不到，想不到……啊啊，用嘴巴實在無法說明！」

一臉狐疑的札諾巴，興奮忘我的貝爾夫里特。

我和札諾巴不禁面面相覷。

總之先由我把話問清楚吧。交給我，雖然看起來這樣，但我可是公司的大佬呢，最近也從許多人身上挖出情報，還透過審問鎖定偷竊事件的犯人喔。

「請你先冷靜點再說吧。茱麗她，來這裡，做了什麼？」

「人偶啊，她把人偶帶過來了。」

「人偶？」

他其實沒有回答我的問題，算了。

「是的，是我至今從未見過的人偶。實在令人驚嘆……精緻得無與倫比。堪稱是極致的人

偶！」

我和札諾巴再次面面相覷。

茱麗目前為止製作的作品已經都讓我們看過了。

那些大部分都由札諾巴保管，小心翼翼地收在倉庫裡面。如果要拿出來，應該需要得到札諾巴的許可才對……

可是，剛才札諾巴也說，茱麗不肯讓他看最近製作的人偶什麼的。

「啊啊，光是回想起來就全身顫抖……請看，我這雙手。正因為歡喜而不斷顫抖啊！」

貝爾夫里特的手持不斷地顫抖。

雖然他嘴上說是因為歡喜，但看起來只像是嗑了某種危險的藥品。

「所以我決定把這份喜悅、這份感動、這個想法傾注在作品中！請看！」

貝爾夫里特往桌子那邊小跑步衝了過去，然後拿了某個東西又跑了回來。

那是個箱子。不對，在這間店必須說床才行。

顏色是白色，各處都鑲著金色的裝飾。

布料也是高級品，是和白色很搭的淡粉色布料。

雖說沒鑲上寶石，但反而可以感受到高尚的品味。醞釀出來的氛圍就猶如王宮那種附天蓋的床鋪。

「這是那孩子的床！我被激發出如此的創造意欲，活了這把年紀可沒經歷過幾次啊……！

不，啊啊，我還是第一次只花幾天就能完成如此精緻的床！」
完成度很高。毫無疑問，這張床相當精緻。
由於最近在許多地方看過不錯的藝術品，因此我自然而然能夠理解。
這是傑作。
比起擺在架上的那些來得更為精美。
這項作品就算是擺在王宮也不足為奇。我想佩爾基烏斯他們幾個肯定也會認同。
「哎呀哎呀！札諾巴大人真是壞心，竟然對我炫耀那麼高水準的作品。」
「唔～本王子也對此一無所知……」
此時札諾巴把視線投向我。
雖然有點搞不清楚話題的方向，但總而言之，茱麗曾拿著人偶來過這裡。
而且，因為那具人偶的完成度實在太高，才會導致貝爾夫里特如此興奮，甚至在沒有委託的情況下就把專用的床給做好了。
就是這種感覺吧。
不過，札諾巴不記得自己有命令茱麗這麼做。
換句話說，這件事是茱麗自作主張。可是為什麼？
「請問茱麗是為了什麼目的才把人偶拿來這裡？她有說什麼嗎？」
「這個嘛……我看到人偶的當下就過於興奮，所以沒有問清楚她的來意。只不過會把人偶帶來這間店的人，幾乎都是想要送自己的可愛女兒一張能睡得安穩的床。她應該也是這麼打算的吧？」

為了送床給自己的人偶當禮物。

唔～老實說我覺得那種人應該不多，想必這間店只有那種小眾的客人會來吧。而茱麗也是小眾的客人之一。

「畢竟嫁女兒的時候還是得有張床，如此一來對方也會開心吧。」

札諾巴一邊望著這邊，同時像是要幫我解圍般這樣說道。

嫁女兒時……對方……

啊，這樣啊。連同箱子一起販賣，可以讓人偶本身賣出更高的價錢。原來如此。

「就是說啊。所以我以為她要賣給我，才會打算以兩百枚拉諾亞金幣買下……哎呀哎呀，可惜她卻逃掉了。」

「兩百枚拉諾亞金幣……」

「啊啊！魯迪烏斯大人！請別用那種眼神看我。我很清楚的。想用區區兩百枚金幣買下那樣的作品，想必讓您很傻眼對吧？不過，那是因為我當時手邊就只有這麼多！但要是現在的話，我願意出三百枚拉諾亞金幣！不，出三百五十枚也沒問題！」

其實我反而訝異你打算出那麼高的價位。

不過也就是說，茱麗想要把人偶賣掉嘍？

把自己的作品。
「她是為了什麼目的才打算賣掉人偶……？」
我忍不住這樣嘀咕後，貝爾夫里特就像是不解我在說什麼似的開口說道：
「錢無論再多也不會覺得困擾不是嗎？」
「要看用途。目前茱麗過著很充裕的生活……我是這樣聽說的。」
我一邊這樣說道，同時望向札諾巴。
說不定是因為札諾巴讓她過得不舒適，所以她才需要錢。
比方說札諾巴欠了一大筆錢之類。
「嗯，由於茱麗最近技術也提升不少，本王子也多付了一些薪水。」
決定要給茱麗薪水的人基本上是我。
雖然札諾巴很驚訝為何要給奴隸薪水，但也沒有特別反對。
因為茱麗就是做出了這麼多貢獻，支付應得的薪水也是理所當然。
「嗯……我記得茱麗大人是奴隸對吧？那麼，她會不會是打算買下自己呢？」
貝爾夫里特這樣說道。
「買下自己？」
「是。」
基本上會透過金錢來買賣奴隸。被人用錢買下，或是用錢賣到其他地方。

而奴隸的人權會基於國家或是所有者而有所不同。有重視奴隸的國家，隨便對待奴隸的所有者，形形色色。

要成為奴隸很簡單。只要因為沒錢而去見奴隸商人，馬上就能成為奴隸。

也有許多人認為與其死去，不如成為某人的所有物還比較像樣。

尤其是在這個北方大地，整體的生活貧困，氣候嚴苛。要是找不到工作，下場不是餓死就是凍死。

要成為奴隸很簡單，而要放棄也很簡單。講白一點——

既然是用錢賣掉的，再用錢買回來就好。

靠自己存錢，然後買下自己。這樣一來，便能可喜可賀地成為自由之身。

至於需要多少金額，會根據國家或使用奴隸的年數，用在奴隸身上的金額等等各種條件而定，其中也有不承認奴隸賺錢的國家。

但是原本購入茱麗的金額非常便宜。雖說教會了她許多技術，但要是有兩百枚拉諾亞金幣的話肯定是划得來。

只是以我們的立場，實在不想就這樣放手。

不過比起那種事，有一點更讓我在意。

「沒想到茱麗竟然會瞞著本王子做這種事……」

札諾巴低頭這樣說道，看不太清楚他臉上的表情。

我可以理解他受到打擊的心情。

不管是我還是札諾巴，都對茱麗視如己出。

原本她的狀態慘不忍睹，但我們供應她伙食、給予衣物、提供溫暖的被窩、教育她、讓她習得技術，甚至還支付薪水。

我們這麼做是有目的。要讓她成為神子札諾巴的雙手，製作他所盼望的作品，或是讓她量產瑞傑路德的人偶。為了這個目的，確實有時對她有些嚴厲……但即使如此，我也自認沒有苛刻她。

當然，如果茱麗自己這麼希望，我也很樂意讓她從奴隸身分解放。

明明如此，如果她瞞著我們在背地裡做這種事，自然會受到打擊。

因為，這代表她完全不信任我們吧？

「……不。」

可是，一直當個奴隸果然很難受吧。

由於我沒當過奴隸，確實有考慮得太過隨便的部分，但從莉妮亞近期的狀況來看，自然不難想像得到。

無法自由運用自己的身體所帶來的壓力。

想講的不能講，想做的也不能做。

「我以為我們已經很善待茱麗了，但一直當個奴隸，果然還是很難受吧。」

最近這陣子，茱麗又變得更像大人了一些。

具體來說的話，她的身體已邁入大人的世界。

說不定就是這件事情，成為她會開始為自己設想各種事情的契機。

這樣下去好嗎？只是做著人偶這樣好嗎？將來會變怎樣……想必會浮現出那類的不安吧。

或者說，她意識到自己身為年長男性的奴隸，進而萌生了類似恐懼的感情。就算對方是札諾巴也一樣。

一旦成為主人和奴隸的關係，就會像前陣子那樣被輕易脫光衣服。

就算茱麗再怎麼年幼，想必也會覺得害羞，覺得害怕吧。

「就算是這樣，我等的夢想該如何是好？為了栽培茱麗，師傅也付出了相當的心血不是嗎？」

我所付出的心血，和札諾巴付出的相較之下只是九牛一毛。

不如說，我反而比較擔心札諾巴到底在她身上投資了多少。

不光是金錢，還有精神上，以及時間上也是。

「就算真是那樣，茱麗終究也是人。如果她真心想要擺脫奴隸身分的話，我想我們也不應該勉強阻止她。」

「唔……」

札諾巴環起手臂開始煩惱。

並像這樣唸唸有詞了一會兒。
站在札諾巴的角度來看，肯定是無法接受吧。
他只是因為我這麼說才會像這樣子煩惱，放棄人偶什麼的，對他來說跟本不可能。
好啦，該怎麼說服他呢？
反正最近多虧了札里夫義手，讓札諾巴也能像普通人一樣擺弄物品，要不然等茱麗從奴隸身分解放之後，再鄭重地委託她工作也行。
就用這種講法說服他吧。
「唔……」
雖然我是這樣打算，但札諾巴轉頭望向我，臉上的表情就像是領悟了什麼。
「說得也是呢。」
札諾巴很乾脆地做出結論。
「茱麗也努力了很久。那麼，幫她實現願望也未嘗不可。」
有點意外。我以為札諾巴對這件事應該會更加執著。
因為，每天都願意為了自己拚命做人偶的存在就要離他而去了啊。
不，就算札諾巴這個人再怎麼喜歡人偶，會把一直以來一起生活的女孩視為單純的製造機器嗎？何況還幫她取了跟自己的弟弟相像的名字。
「好。總之先回房間吧。必須問茱麗她真正的用意是什麼。」

目前最重要的，就是茱麗內心的想法。
如果她完全沒有知會札諾巴就想跳脫現在的立場，或許就得稍微斥責她一下。
雖然這件事難以啟齒，但我認為並非可以瞞著不說。
我抱著這樣的想法，和札諾巴一起前往他的房間。

搭馬車坐了十幾分鐘之後，我們回到了札諾巴的房間。
然後，不知為何貝爾夫里特也一起跟了過來。
「我想要再看一次那具人偶。」
雖然他嘴上這樣說，但卻帶了一個會發出噹啷聲響的袋子，從這點來看，他還沒有放棄得到那個人偶。
我倒是不認為札諾巴會把完成度那麼高的人偶拱手讓人……
不過，貝爾夫里特認為最棒的極品，不代表札諾巴也這麼認為。
畢竟興趣是因人而異。
不管怎樣，我尊重他雖然想要，但還是會透過正當交涉，支付金錢買下的想法。
雖說他看起來是個怪人，但作為生意人倒是一板一眼。
「本王子回來了！」
因為是自己的房間，札諾巴沒有敲門便打開房門。

房間看起來沒有異狀。身為札諾巴戀人的銅製裸婦像如今也已不見蹤影。

當然，也沒撞見茱麗和金潔在換衣服突然大叫一聲的場面。

應該說，沒看到茱麗。

「您回來了！Master！」

才剛這樣想，茱麗便從裡面的房間衝了出來。

她手上握著用來削石頭的鋼鐵雕刻刀。不是在剛進門就有的工作桌上，而是在裡面進行作業嗎？還是說她在裡面的房間藏了什麼……

連我都能在一瞬間注意到這麼多，想必札諾巴也察覺到了。

然而，茱麗本人的表情卻完全不顯得慌張。

她的笑容反而比平常燦爛了好幾成。

如果她打算瞞著札諾巴擺脫奴隸的立場，然後還能擺出這樣的笑臉……也只能說女人真可怕。

「啊。」

然而，她的笑臉卻蒙上了一層陰影。

在看到貝爾夫里特的瞬間，她臉上的表情瞬間寫上「不妙」兩字，然後往後退了一步。

哎呀？這表情是怎麼回事？

難道她看到貝爾夫里特，以為是「知道祕密的傢伙跑來了」這樣？

「哎呀～茱麗大人。前幾天真是抱歉……」
被貝爾夫里特投以諂媚的笑容，讓茱麗的背脊為之一震，像是在求救般地望向札諾巴。
「嗯。」
札諾巴接收到這股視線，然後朝茱麗身邊走去。
僅僅走了幾步。轉眼間就來到了茱麗眼前，接著他把視線落在茱麗身上。
茱麗則是一臉不安地抬頭仰望札諾巴……
「茱麗啊，妳不想再當我等的奴隸了嗎？」
聽到這句話，茱麗不禁瞪大雙眼。

第十一話「另一名奴隸 後篇」

茱麗葉特的半生，染著絕望的色彩。
她被一對礦坑族夫婦所生。
是聖鐵的巴薩爾與美麗雪稜的莉莉特拉的孩子。
而茱麗葉特，是她在懂事後才被取的「名字」。因為礦坑族在七歲之前普遍不會取正式的名字，所以這不是什麼稀奇的事。基本上，因為父母親會稱呼她為「我的孩子」或是「我親愛的孩子」，所以茱麗本人從未對此有過疑問。

那麼，關於巴薩爾和莉莉特拉。

這兩個人和一般的礦坑族有些不同。

礦坑族正常來說會居住在米里斯大陸的大森林南側山腳一帶。

會挖掘礦石，或是以挖出來的礦石製作武具。用這套武具出門狩獵，或是賣掉武具買進食材，是相當樸實的種族。

然而茱麗的雙親卻過著一邊在全世界旅行，同時將在各地取得的材料或素材製成武具或裝飾品賣掉藉此過活。

他們為什麼會選擇離開故鄉過著那樣的生活，茱麗也不清楚。

或許是因為有萬不得已的理由，或許是因為年輕氣盛而離開了故鄉……

但唯獨有一件事非常清楚。

那就是他們的生活，絕對稱不上輕鬆。

別說是不輕鬆了，茱麗出生的時候，他們的生活甚至已經處在崩潰邊緣。

借錢來償還債務，接著又為了還其他錢而工作，沒辦法取得巨大利益，只能任憑債務不斷膨脹。

並非是他們的技術不好。

而是沒有關於從商的才能與先見之明。

他們認為做出好東西就能賣出高價，所以不惜借錢勉強自己採購高單價材料，打算用來製作成品加以販賣。

然而，一間擺在路邊的店所賣的商品，幾乎不會有人想以高價買下。

到賣出為止花了不少時間，再加上這段時間增加的借款利息，營業額要不是赤字，好一點也就是打平。而且考慮到這筆錢也必須花在生活費或其他方面，實質上依舊是赤字。

也有人認為，真虧他們能靠這樣的生活撐了這麼多年。

不過，畢竟他們熟知自給自足的手段，有時還會賴著小額欠款不還就移動到鄰國，不厭其煩地使用狡猾的手段。

為了活下來而拚命的這幾年。

絕對稱不上幸福。

茱麗內心最為久遠的記憶，是父母親在自己睡覺的床旁邊縮著身子製作某種東西的畫面。

在一間既小又昏暗的小屋裡。像是要把一根蠟燭的火光分成兩半似的，巴薩爾和莉莉特拉面對面，手忙碌地動來動去。從隙縫吹進來的風吹撫過茱麗的臉頰使得她嚎啕大哭之後，莉莉特拉便露出苦笑，轉向茱麗把她抱起來哄著。

當時莉莉特拉那副快哭出來的表情，以及巴薩爾一臉歉疚的表情，至今依舊在茱麗的腦海裡揮之不去。

在茱麗的記憶裡，從未看過父母親的笑容。

就在這樣的記憶幾年後，馬上就面臨到了決定性的重挫。

由於屢屢欠錢不還，他們登上了借錢集團的黑名單，無法再繼續借錢。沒有錢去買用來製作物品的材料，就算要自給自足維生，北方大地的冬天又太過嚴苛。

是要一家人一起上吊，或是要成為奴隸繼續活下去。

面臨這個二選一問題的他們，選擇了後者。

但就算如此，巴薩爾和莉莉特拉也還算幸福。

有著身為礦坑族的強韌肉體，以及身為鍛造工匠的出色技藝，巴薩爾立刻就被賣掉了。

而手指靈巧，能製作裝飾品或是加以修理，還有顧小孩經驗的莉莉特拉，也在一陣子後就被賣掉了。

儘管他們就此分散，但卻不會死。對別人依舊是必要的。

家人裡面最為不幸的，是茱麗。

她還很年幼，什麼都不會，就連話都講不太清楚。

沒有人需要她，買家始終沒有出現。

她只能在奴隸市場的一隅，過著低頭杵著不動的每一天。

事情變成這樣，奴隸商人也開始傷起了腦筋。

雖然是奴隸，但再怎麼說也是人類。為了讓她維持身為商品的品質，必須供應伙食，讓她睡在溫暖的地方維持健康才行。

幸運的是，買下巴薩爾一家的奴隸商人斐布里特，在奴隸商人之中算是個大盤商。他在市場確保著良好的位置，對商品的品質有著自信與信賴。正因如此，他明知茱麗是個賣不出去的商品，卻依舊沒有把茱麗扔到荒野丟棄，而是好好地放在鐵籠裡進行管理。

但是，那也存在著極限。

斐布里特也沒有閒到會一直把時間和勞力花在呆滯庫存身上。

於是管理茱麗的方式慢慢地隨便了起來，後來甚至不肯將她拿到賣場展示。

雖說茱麗還小，但她也理解到自己不被人需要的事實。

她理解父母親已經拋下了自己。

她理解再這樣下去，會在寒冷的鐵籠中挨餓受凍，痛苦地慢慢死去。

但是，她不認為那是件壞事。

因為她沒有任何好的回憶。

從出生時就過著窮困潦倒的生活，始終餓著肚子。

以苦澀的雜草和快腐爛的肉湯果腹，為了不打擾父母親，坐在角落什麼都不做，只是發著呆度過一天。這就是她的生活。

說到唯一一個美好回憶，頂多是在父母親成功賣出商品，進帳一筆錢的時候，讓她稍微品嚐了一點酒。裡面摻雜了許多東西，絕對稱不上是美酒，但是對身為礦坑族的茱麗來說卻是第一次品嚐到的味道，令她感到非常美味。
茱麗沒有想過要活下去。
她甚至沒有妄想過要變得幸福。甚至不知道該怎麼做才能讓自己得到幸福。
所以，當這兩名男子出現在自己眼前時，她並沒有想像什麼美景。
她只是覺得今後肯定會發生很殘酷的事情。
「妳已經想死了嗎？」
所以聽到其中一名男子這樣詢問時，茱麗心想——
沒錯，自己希望死去。
「如果妳真的希望，要我幫妳結束嗎？」
聽到其中一名男子這樣說道時，茱麗心想「總算能結束了嗎」。
受凍、挨餓、慘澹的人生終於要結束了。
他面無表情。
哪怕茱麗有那麼一瞬間點頭，男子肯定會馬上殺了她。儘管他沒有表現在臉上，但卻有股讓人會這麼以為的魄力。
那是認真的眼神。
可是當茱麗盯著那雙眼睛，不由得產生了一種奇妙的心情。
那簡直就像是被對方說「妳還能再努力吧？」這樣的心情。

當然，要是男子實際說出這句話，茱麗應該會以搖頭表達「無法再努力了」。

但是他卻什麼也沒說，只是目不轉睛地盯著茱麗。

茱麗並沒有思考。

只是很自然地將答案脫口而出。

「——我不想死。」

想活下來，強烈地渴望這件事的記憶，不存在於茱麗的心中。

但是，並非代表她想一死百了。

她並不想死。

後來她讓人清洗身體，穿上了至今從未穿過的昂貴服裝，嚐到了比至今吃過的任何伙食都美味的熱湯，而且……

「從今天起，妳的名字就是茱麗葉特。」

被贈予了名字。

聽到名字時，茱麗笑了。

茱麗本身也不明白當時為什麼會笑。

只是事後回想起來，她認為在那個時候，感覺就像是出生後就背負在身上的辛酸都煙消雲散了，所以才鬆了一口氣。

★★★

奴隸生活。

那和茱麗想像的生活可說是截然不同。

儘管茱麗沒有能夠想像那種生活的經驗，但看到奴隸小屋的其他奴隸悲傷嘆息的模樣，也自然而然地覺得自己會度過痛苦的每一天。

一邊照顧札諾巴，一邊學習土魔術和製作人偶技術的每一天。

要記的事情繁多，被叮囑的事情也不少，若是不遵守約定或規定的事項便會遭到訓斥，也有許多工作對嬌小的身軀來說十分吃力。再加上她在學園是奴隸身分，也曾在札諾巴看不見的地方遭到其他學生冷漠對待。

但是，那樣的生活不能說比當奴隸之前糟糕。

不僅能享用到飯菜，也能夠用熱水洗澡，更能躺在暖和的被窩睡覺。

最重要的是，身為主人的札諾巴對自己很溫柔。

雖然他也會生氣，但絕不會對茱麗怒吼，而是以淺顯易懂又有耐性的方式對待茱麗。

明明雙方的語言幾乎不通。

「妳不是本王子的所有物，是師傅的奴隸。」

那是他在起初幾個月的口頭禪。

實際上，他應該也是這麼認為。

他對待茱麗的方式就像是對待借來的物品。

不過說是借來的物品，卻不是將她視為客人，終究只是視為奴隸，當作傭人或僕人來小心翼翼地對待。

茱麗雖然是個什麼都不會的女孩，但札諾巴卻從沒露出不耐的神情，而是手把手地教導她一切。

舉凡如何打掃、如何對待人偶、如何洗滌衣物、如何整理人偶、如何摺衣服、用餐的禮儀、如何洗人偶……札諾巴雖然貴為王族，但對這些生活起居幾乎是樣樣精通。

歸功於這番教導，茱麗很快就懂得該如何照顧札諾巴。

然後，是語言和技術。

這基本上是由魯迪烏斯來教。

魯迪烏斯也是，在教茱麗各種知識的時候絕對不會大吼大叫。

就算茱麗記不起單字或文法而畏縮起來，他也不會大聲斥責，而是仔細地找出茱麗有哪裡不懂。不過，到她記起來為止甚至能持續教好幾天，由此可窺見他嚴厲的一面。

老實說，茱麗一開始很不擅長應對魯迪烏斯。

儘管有一部分是因為茱麗小時候從父母親聽說的童話故事裡的存在和魯迪烏斯很相像，但他在第一次見面時所說的話給茱麗留下了深刻的印象。他隨時都能了結茱麗的所有一切。

只要他有那個念頭，也能隨時結束現在的生活。

茱麗這麼認為，因此在他面前舉手投足都不敢掉以輕心。

話雖如此，那也只有在剛開始。

實際上就算茱麗失敗也不會遭到任何懲罰，魯迪烏斯反而會體貼地投以微笑。

於是緊張感隨著慢慢減少，茱麗也終於對他放下戒心。

之所以會願意放下戒心，正是因為札諾巴的存在。

他會陪茱麗一起吃飯，在旁邊睡覺，一旦茱麗生病、受傷，或是身體狀況不好的時候，便會立刻找魯迪烏斯或是治癒術師來診視。

在茱麗前幾天初潮剛來的時候，他雖然搞不清楚狀況，卻也以自己的方式努力找出原因。

他為了自己慌張、為了自己著急、為了自己設法解決問題。

簡直就像是在對待真正的弟弟或是妹妹。

他是否有真正的弟弟或是妹妹呢？如果有的話會是什麼樣的人呢？茱麗對此不得而知。

札諾巴從沒想過對茱麗提及過那類話題。

相對的，札諾巴幾乎每天都會和茱麗聊在市場看到的人偶，或是現在持有的人偶有多麼美好。

他看起來相當樂在其中。

或許一部分是因為至今沒有能夠暢談的對象，但聊著自己喜歡的事物，果然很快樂。

然後，他絕口不提家人，或是在以前的家有著什麼樣的經歷。想必是因為不快樂吧。

茱麗也是，她不太願意回想起成為奴隸之前的生活。

札諾巴每天晚上，有時甚至會連白天也一直暢談人偶經。札諾巴的知識淵博、涉獵廣泛，而且十分正確。因此茱麗也逐漸地掌握得更加透徹。

每當茱麗展現記起來的知識或是技術，札諾巴就會非常開心並誇獎自己，這讓茱麗也感到很開心。

自從金潔來了之後，關於禮儀規矩、服裝以及遣詞用字等等都被規定得更加嚴格，但生活並沒有太大變化。那是因為金潔不是把茱麗視為奴隸，始終都把她當作一同服侍札諾巴的同事來看待。

在這樣的生活之中，茱麗得到了重要的東西。

就是「製作人偶」的這份工作。

製作人偶絕對不是自己期望的工作。終究只是以奴隸的身分，被主人命令從事的工作。

不過說實話，茱麗感到很快樂。

關於技術方面，札諾巴……呃，老實說他相當拙劣，但什麼都願意教，若是要求道具的話什麼都願意給。

於是茱麗把技術一項一項地學起來，變得越來越高竿。

隨著技術越發成熟，她也漸漸能做出自己所要的作品。

每當完成人偶，札諾巴總是會非常開心，尤其是當茱麗做出了不錯的人偶之後，甚至會說要給她獎賞，請她喝昂貴的美酒。

對於身為礦坑族的茱麗而言，酒是生命之水。

能讓短小的四肢獲得溫暖，心靈也變得輕飄飄。

能沖淡年幼時期那絕望到不能再絕望的記憶，讓自己實際感受到現在有多麼快樂。

這樣的感覺會轉化為邁向明天的氣力，變化為重新開始製作新人偶的動力。

自己的技術提升，以及自己的作品讓他人感到喜悅的昂揚感。

出生以來初次體會到那樣的感覺，讓茱麗埋首於製作人偶的工作之中。

她拚命地製作人偶，完成後再讓札諾巴觀賞。

札諾巴基本上都會萬分歡喜，但偶爾也會嚴厲指出缺點。

受到指點後，茱麗會在製作下次作品時試著留意，或是再稍微下點工夫。

於是下次的作品又會稍微再好一點，或是稍微再差一點。

反覆地，不斷地過著這樣的每一天。

令人感到非常快樂，又安心的每一天。

對於給予自己這種生活的札諾巴與魯迪烏斯，茱麗的內心滿是感謝。

可以的話，她希望能一直待在他們的身邊，永遠製作人偶。

不知不覺之間，製作人偶已經成了茱麗認同自己的手段。

就在過著這種日子的某一天，事情發生了。

茱麗一如往常地完成了一具人偶。

然而，完成的那具人偶卻和平常稍稍有些不同。

沒有很大的不同，只是非常細微的差別。

實際上，也不可能會有太大的差異。畢竟那具人偶的製作流程和以往別無二致。以土魔術做出素體，時而增厚時而削減來調整大小，再以小刀切削調整形狀，最後以魔術仔細地磨平表面。就是這樣的工程。

但是在完成的階段，茱麗才注意到。

不協調感。

沒錯，那具人偶實在沒有任何不協調感。

那具人偶毫無一絲的多餘部位。

以茱麗這種水準的技術，在製作的過程中總是會出現多餘及不合理的部分。

畢竟不是製作真正的人物雕像，她做的是縮小版，而且還是經過變形處理的模型。想來也是理所當然。

然而，那具人偶沒有多餘及不合理的部分。看起來根本沒有。

不僅整體取得平衡，手腳也描繪著自然的曲線，表面經過仔細打磨，連細部也沒有任何粗糙之處。

而且最重要的是，當她定睛一看，會自然地湧起「好美」這個感想。

茱麗不知道為什麼會這樣。

但是，她記得這種奇妙的感覺。

札諾巴在自己房間的倉庫深處藏了幾具人偶。這種心情和他讓自己看那些人偶時的感覺很相像。

那件作品，也就是所謂的——「傑作」。

當她察覺到這點時，茱麗的內心深處湧起了一股難以言喻的感動。

沒想到自己居然能完成這樣的作品。原本以為自己能製作出水準堪稱「傑作」的作品，還得等到遙遠的將來。不僅如此，她甚至曾以為自己不管經過多久都有可能做不出來。

然而，居然，會如此突然就……

絕不能說輕鬆。畢竟為了製作這具人偶，茱麗投入了相當長的時間。由於有運用魔術，速度應該比一般人快上許多，但即使如此也花了一個月。

不，茱麗可以說用上了自從開始製作人偶之後直到現在所學的所有知識與所有時間，才總算完成了這具人偶。

不過，她從來沒想過完成度會如此之高。

她從來沒想過自己能完成這樣的作品。
就算叫她再重現一次想必也很困難。
不過，這確實是自己親手做出來的。
茱麗雖然沉浸在這股感動之中，但腦海突然浮現了某個人物的臉。
長臉，戴著眼鏡，長相很不起眼的中年男性。
（必須讓 Master 看才行。）
茱麗自然地浮現這種想法。
畢竟是札諾巴。想必他在看到這具人偶的瞬間會大聲吼叫，欣喜地在房間裡走來走去。
然後，肯定也會充分地誇獎茱麗一番。
（得快點拿給他看！）
這樣一想，茱麗就拿著人偶打算衝去找札諾巴。
記得札諾巴現在應該為了調整魔導鎧而待在郊外。
只要現在跑過去，應該不會錯身而過。
「……」
然而，茱麗卻在踏出房門之前停下腳步。
拿在手上的，是毫不遮掩的人偶。
完成度很高。毫無疑問，非常精美。體內的細胞都在告訴自己這是傑作。

但是，就這樣直接拿給札諾巴看好嗎？

札諾巴肯定會很開心。

但是仔細想想，札諾巴讓自己看到的傑作，全部都放在鋪著漂亮的布的木箱裡面。

札諾巴每隔幾天就會打開這些箱子，雖然是為了確認內容，但是當他打開用繩子封起來的木箱時，臉上那雀躍的表情。看到裡面的人偶時，所露出的那種陶醉神情。輕輕地用手溫柔拿起，然後放在桌上，一邊眺望人偶，一邊發出的嘆息。

箱子。那個存在應該能讓傑作更加美好。

茱麗環視了自己工作地方的桌子周邊。用來製作人偶的道具一應俱全。

但是，沒有類似箱子的物品。也沒有材料。基本上魯迪烏斯的製作方式就是用自己的魔術做出素材並加以雕塑，所以幾乎沒有放著材料那類的物品。

不過有別的東西。

白色的麻布袋。

拿起來之後發出了噹啷的聲響，雖然輕卻有著一定的重量。

放在裡面的，是拉諾亞王國的銅幣和銀幣。

茱麗有從札諾巴那裡收到薪水。雖然不記得是從什麼時候開始拿到的，但札諾巴說為了以備不時之需，最近給了較多的薪水。

金潔雖然一臉苦澀地說：「不需要讓茱麗拿著錢吧。」但札諾巴卻不以為意。

從他強硬的態度來看，恐怕是Grand Master，也就是魯迪烏斯叮囑過他這件事。

總之，茱麗心想——

現在正是不時之需。

於是，茱麗拿著那筆錢前往工匠街。

至於她要去的地方，正是貝爾夫里特的店。

茱麗曾經被札諾巴帶來貝爾夫里特的店好幾次。

她也對札諾巴認同這間店的商品一事印象深刻。

正因如此，她才會想在這間店買下適合人偶的「床」，一起交給札諾巴。

但是，事情並非茱麗所想的那麼順利。

太貴了。

擺在貝爾夫里特店裡的商品，有著茱麗的薪水根本買不起的價位。

基本上，適合貴族的商品一向都是如此。茱麗雖然稍稍受到打擊，但卻因此沒有氣餒，決定和貝爾夫里特直接交涉。

札諾巴是貝爾夫里特的常客。

儘管他沒有買過貝爾夫里特製作的人偶，但卻對他製作的「床」讚不絕口，總是會帶著自己手邊的人偶，委託貝爾夫里特製作專用的「床」。

這種時候，假如人偶的完成度越高，貝爾夫里特就會把價錢算得更便宜。
所以如果是自己的人偶的話……說不定他會願意算得便宜一點，讓茱麗能以手頭上的錢買下。
然而，這個如意算盤也以失敗告終。
不，計畫本身可以說是正確的。
畢竟，在看到茱麗帶來的人偶當下，貝爾夫里特突然欣喜若狂。
他一邊發出怪聲同時衝向店裡，然後帶著滿滿一大袋的金幣回來，強迫茱麗把人偶讓給自己。
「來，讓我來製作那孩子的床吧。用來放在我身邊度過一輩子，既溫暖又柔軟的床！製作床的我，才適合當那孩子的支配者。讓她睡吧，讓她睡吧，讓那位美女，睡在獨一無二的褥子！來吧！來吧！來吧！」
貝爾夫里特睜大雙眼，邊流著口水邊逼近茱麗。
這樣的舉動不免讓茱麗感到恐懼。
於是茱麗在情急之下撞開他，然後試圖逃出店裡。
貝爾夫里特理所當然地追了上去。這讓茱麗全身都感到畏懼，趕緊逃走。
途中雖然撞到架子讓商品散落一地，但茱麗看也不看一眼就當場離去。
貝爾夫里特也是看也不看就追了上去。

一邊喊著莫名其妙的話語一邊追過來的中年男性。著實令茱麗感到害怕。

後來雖然勉強甩開他回到房間，但茱麗卻喘著大氣，有段時間都因恐懼而全身顫抖。

她甚至覺得貝爾夫里特說不定很快就會踹破大門衝進來。

但是，到頭來那天並沒有演變成這種情況，札諾巴回來後，茱麗也總算冷靜了下來。

總之，這樣就再也去不了那間店了。該怎麼辦才好？

當天晚上，茱麗想了很多，最後想到了一件事。

那是從前魯迪烏斯曾說過的話。

「沒有的話，只要做就好了。」

茱麗想不起來那究竟是在什麼樣的狀況下說的話。

但是，一開始會買下茱麗當奴隸的理由，應該和那個狀況相當接近。

而現在的茱麗會土魔術，她能用土魔術製作素材，用來削切及調整的道具也都在身邊。

茱麗從隔天開始，便運用道具和魔術著手製作箱子。

以土魔術製作出大致上的形狀，再運用魔術和道具進行削切。

就算對象不是人偶而是箱子，但茱麗已經反覆做過好幾千萬次這種作業，要運用起來絲毫不成問題。

只是一旦要完成的東西不同，不管步驟還是所需的技術果然也會有所差異。

就算經過了幾天的時間，箱子也始終還沒有順利完成。

目前的完成度只到七成左右。

但反過來說，只花幾天就能把第一次製作的東西完成七成，進度可以說是非常快速。

茱麗一邊製作箱子，同時憶起了某件事。

那是她年幼時的記憶。那間小房子，以及被昏暗的燭光照亮的父親和母親的身影。

老實說，茱麗對父母親沒有什麼好的回憶。

他們總是會因為錢的事情而怒吼，也經常會擺出悲傷的表情。

但是，他們很努力。

每天晚上都只點著一根蠟燭，馬不停蹄地製作著什麼。連白天豪爽地大聲說話的父親，到了晚上也會靜靜地編織類似鍊子的物品。

而深深留在記憶裡的，是母親雕刻的木雕飾品。

她曾以快速的手法削切出美麗的百合花。

茱麗並不記得那個百合花的木雕飾品裝在什麼東西上面。

但是，唯獨那朵花留下了深刻的記憶。

就像是要模仿那段記憶一般，茱麗在箱子上雕刻了百合花。

茱麗看到逐漸接近完成的箱子，每天都感到開心。

札諾巴應該會很開心吧。他會以什麼樣的方式感到開心呢？會像平常那樣開心地大叫嗎？

或者說，會把嘴巴開成半月狀，靜靜地感到開心呢？

光是想到這些，就讓茱麗的內心雀躍不已。

再說一次，茱麗很感謝這一切。

感謝著札諾巴和魯迪烏斯。

現在的生活——

讓她感到很滿足。

想要永遠持續下去。

她是這麼希望的。

「茱麗啊，妳不想再當我等的奴隸了嗎？」

正因如此，這句話才會深深地刺傷了茱麗的心。

她發現札諾巴把貝爾夫里特帶來時，已經湧起不好的預感。

貝爾夫里特是與札諾巴有密切來往的工匠。

可是茱麗卻把他撞開，當場逃走。況且連展示架也倒塌了，說不定商品已經有幾件受到損傷。仔細想想這種舉動非常失禮。

一開始，她以為札諾巴會因為這件事動怒。

雖然至今都沒有被怒吼，但倒是有幾次讓札諾巴發脾氣。假如是茱麗不對，就會被特別嚴厲地𡇼一頓。為了讓茱麗理解什麼是錯的，讓她思考下次再發生同樣的狀況該如何應對，有時也會做出懲罰。

茱麗要是挨罵，就會拚命地試圖矯正錯誤的地方。

實際上，只要拚命學習就可以矯正大部分錯誤的地方，所以札諾巴和魯迪烏斯也原諒了茱麗。

為什麼她會那麼拚命呢？

那種事顯而易見。因為她已經決定好了。

「……」

茱麗心想。

貝爾夫里特的那件事，讓札諾巴完全動怒了。

萬一擺放在上面的各種美麗商品出現瑕疵，札諾巴肯定會勃然大怒。

因為是貴族會以高價買下的商品，應該也會出現巨大的損失。

而這無疑是賣掉茱麗也無法填補的損失。

那件事比茱麗想像中更加嚴重，事情甚至傳到魯迪烏斯耳裡，如今事態更進一步發展到要解僱茱麗……她是這樣認為的。

或許，要是只有札諾巴一個人。

或許，要是沒有和貝爾夫里特發生的那件事。

或許，只要魯迪烏斯不在場的話。

這樣一來，說不定茱麗也會冷靜下來思考，否定札諾巴剛才那句話。

但是，沒辦法。

現在茱麗的眼前逐漸變得一片空白，以不斷打轉的腦袋試圖思考回答。

該怎麼辦？

自己必須做什麼才好？

在不斷思考之後得到的結論，是貝爾夫里特在店裡面表現的態度，以及他提到的價位。

茱麗就像要抓緊一抹希望似的衝回了房間。

她的視線變得狹窄，走起路來跌跌撞撞，手也在顫抖，但總算是把藏在床底下的東西拿了出來。

是一具人偶。

是由茱麗製作出來的傑作。讓貝爾夫里特垂涎三尺的人偶。

茱麗緊緊握住人偶，跑回了札諾巴等人身邊。

然後她穿過札諾巴旁邊，直接在貝爾夫里特面前下跪。

「這個獻給您。所以……所以請您原諒我！」

她的臉上滿是淚水與鼻水。

首先必須化解他的怒氣，茱麗這麼認為後展開了行動。

「……」

對這個行動感到驚訝的，正是魯迪烏斯和札諾巴。

就算是魯迪烏斯，也沒有料到茱麗的反應會如此激烈。

不想當奴隸這件事，或許對茱麗來說很難以啟齒，那麼應該要有耐心地花時間展開對話，喂喂，札諾巴，你也太直截了當了吧……魯迪烏斯是這樣想的。

結果茱麗突然做出這種舉動。當然會不免感到困惑。

話雖如此，也有個人不覺得困惑。

是貝爾夫里特。

原本打算等到札諾巴等人討論完之後再試圖交涉的他，看到眼前突然送上門的人偶，自然是高興地舉雙手贊成。

「嗯？喔喔！我可以收下嗎！那就不客氣了！」

他順勢把舉起來的雙手伸向人偶……

「慢著。」

卻被旁邊伸出來的手給抓住。

「這是怎麼回事？」

是魯迪烏斯。

他的表情已經不再有困惑和驚訝，取而代之的是警戒與憤怒。

「為什麼茱麗會一邊哭一邊乞求你的原諒？」

「這……這個嘛……這部分我也不是很清楚……」

「雖然不是很清楚，但只要能免費拿到你想要的人偶就滿足了是嗎？這劇本還安排得真好啊，喂。」

「呃，這樣看起來的確……對我而言……那個，魯迪烏斯大人？力氣有點……那個，很痛啊……」

以札里夫護手強化後的魯迪烏斯有著驚人的臂力，貝爾夫里特的手頓時動彈不得。

再加上力道慢慢加強，讓貝爾夫里特的額頭開始流下冷汗。

「就算你是札諾巴屬意的工匠，也不代表你有理由從這樣惹人憐愛的少女手中騙走人偶啊，喂。」

「所以說，我對這點也毫無……那個，札諾巴大人，請你也幫我說說話。」

此時，兩個人望向札諾巴。

札諾巴從剛才開始就靜止不動。

他的視線固定在茱麗拿在手上的人偶，停止不動。一動也不動。

不確定這時魯迪烏斯是否在心裡玩著「札諾巴……？他……他死了！」這個哏。

但是，他肯定沒死。

因為札諾巴正慢慢地，簡直就像時間的流逝都變得緩慢一般的速度，慢慢在移動。

他朝茱麗走去。

「……」

魯迪烏斯和貝爾夫里特對於他那遲緩的動作啞口無言，只是屏氣凝神地在旁觀望他的行動。

因為札諾巴的表情可以說是煞氣逼人。

講明白一點就是可怕。

茱麗也察覺到札諾巴的變化。

所以她看著札諾巴，然後小聲地說道：

「……對不起。」

話聲剛落，札諾巴就動了。

他迅速地跪在茱麗眼前。

然後，把手伸向她的手……不對，正確來說是伸向她手上拿的人偶，在幾乎要碰到的位置停下。

「Master……」

「太出色了……」

札諾巴喃喃說了這麼一句話。

但他要講的話並沒有這樣結束。

札諾巴的感想簡直就猶如滔滔江水，一發不可收拾。

「實在是……實在是太出色了，這是……這是……喔喔……用言語實在無法表達！從頭頂到腳底，都如此地美麗……要指出哪裡美麗實在太難了，站姿、指尖，以及衣服的皺褶……！每個部位都是不同的次元，而且還有整體感！喔喔喔！」

札諾巴發出感動的聲音，凝望著茱麗的人偶。

想必他巴不得立刻拿在手上，從四面八方仔細端詳。

但是，他的手卻停在幾乎要碰到的位置，不斷地顫抖，游移在半空之中。

明明想碰卻不能碰。

札諾巴的動作簡直就像是畏懼觸碰某種神聖的物體，同時擠出了內心話。

「明明是如此地美麗，但是茱麗啊……！為什麼！」

「咦？」

「為什麼妳不肯讓本王子看，而是打算交給貝爾夫里特那種人！本王子到底做了什麼！從以前到現在的所有作品，妳不是都願意給本王子看嗎！」

札諾巴哭了。

他禁不住淚如泉湧。

那究竟是因為無法得到人偶的哀嘆之淚？

或者是對茱麗背叛自己而感到悲傷的眼淚？

雖然魯迪烏斯心裡很失禮地想著「應該有六成是前者吧？」，但暫時先放在一邊。

「妳果然是為了擺脫奴隸身分，所以才會籌備資金嗎？那麼，為什麼不先告訴本王子？如果是這具人偶，本王子出三百枚金幣！……不，雖然無法馬上備妥，但一定會準備給妳！本王子會把錢備妥！絕對會！妳不可能不知道這點吧！」

「呃，那個，Master，那個……」

「還是說，妳以為本王子會濫用權力奪走這具人偶嗎？有道理，仔細想想，本王子至今對妳做的人偶並沒有支付應當的價格。因為是奴隸，因為妳還不成熟，總是用這種理由搪塞過去，明明妳最近的作品，已經到達足以支付金錢買下的完成度！」

札諾巴一邊嘆息，同時抱著自己的頭仰望天空。

「喔喔，抱歉，抱歉啊茱麗！本王子向妳賠罪，要我低頭多少次都不成問題。即使無法準備和貝爾夫里特相同的金額，相對的，本王子會以主人的身分完成妳的願望！因此請妳務必，務必把那具人偶賣給本王子……」

這種逼迫的方式，和貝爾夫里特有共同之處。

但是，茱麗卻不覺得恐懼。

因為茱麗知道札諾巴不是在擔心人偶，而是擔心自己。

她也知道札諾巴絕對不是在生氣。

她也知道札諾巴沒有打算放逐自己。

理解到這些的同時，茱麗的內心深處湧起了一份情感。

而那份情感將原本在茱麗眼裡打轉的淚水推擠出去。讓茱麗的臉頰，流下了和剛才稍稍有些不同的，溫暖的眼淚。

所以茱麗這樣說了。

打從一開始，就沒有拒絕札諾巴要求的理由。

「是，我明白了。Master。」

茱麗一邊說著，一邊擤著鼻子，笑了出來。

「喔喔，謝謝妳，茱麗！」

札諾巴也笑了。

札諾巴和茱麗之間，瀰漫著一股有些奇妙，卻很溫馨的氣氛。

不過，在旁邊目睹一切的人這樣說道：

「是說，事情為什麼會變成這樣啊……誰來說明一下啊……」

隨著魯迪烏斯這名男子無奈的一句話，札諾巴和茱麗以愣住的表情看著彼此。

★
★
★

誤會馬上就解開了。

聽了事情的始末，魯迪烏斯和札諾巴放下了心中的大石，茱麗看起來也鬆了一口氣。

貝爾夫里特低頭賠罪，然後一邊惋惜地看著人偶一邊離去。

由於這是會錯意而導致的失敗，魯迪烏斯對此寬宏大量，很乾脆地原諒了貝爾夫里特，並對用力抓住他手臂一事賠罪，然後也露出苦笑回到自己家。

和他們兩個錯身而過回到房間的金潔在聽了事情的經過後便說：「我們給了她一般奴隸根本不可能會有的高等待遇和教育。她怎麼會為了解放自己而私下行動呢。會像這樣懷疑，才是對臣下的侮辱。」，斥責了札諾巴。

不過，札諾巴對這番說教幾乎沒有聽進去。

要說為什麼的話，因為他正忙著觀賞從茱麗手上收到的人偶。

他在房間中央擺放臺座，再把人偶放在上面，一邊在周圍來回打轉，同時以各種角度觀賞人偶。

時而露出被療癒的表情，時而嘆氣，時而咧嘴露出微笑。

這是極為美好的時光。

說教什麼的根本是對牛彈琴。

至於茱麗，則是在凝望著這樣的札諾巴。

她掛上了放心的微笑，臉上染著些許紅暈，同時看著札諾巴。

「茱麗啊。」

過了一會兒，札諾巴突然轉向茱麗的方向並如此說道：

「這出色的人偶，證明了妳的忠心。本王子實在沒想到妳會習得如此超高的技術。」

「是！不過因為是偶然的產物，應該很難再做出同樣水準的東西……」

「說這什麼話。這人偶出色的部分，都是因為妳鑽研的技術而生。一切都如此仔細，一切都如此美麗。確實也有偶然產生的部分，但有一半都要歸功於妳的力量。」

「……謝謝 Master。我今後也會繼續努力！」

「嗯嗯。還有啊茱麗，本王子剛才的話沒有任何虛假。要是妳有任何願望，直說無妨。本王子會盡可能地實現妳的心願。」

「呃……請讓我再思考一陣子。」

開心地誇獎人偶的札諾巴。

害羞地接受稱讚的茱麗。

「我知道札諾巴大人愛著人偶，但差不多到用餐的時間了。茱麗，妳來幫忙準備。」

「啊，是！」

原以為兩個人的空間會永遠持續下去，但金潔出手喊停。想必是因為被兩人疏遠，心裡有點不是滋味吧。

茱麗依言開始幫忙準備餐點。這是一如往常的光景。

札諾巴看著眼前的景象，同時瞇起了眼睛。

有茱麗在，有金潔在。

這樣簡單的生活，和王族應有的奢華生活相去甚遠。

但是，就算一整天把玩最喜歡的人偶也不會有人生氣，再加上喜歡的人偶製作者就在自己身邊，能夠定期地觀賞到新人偶。

簡直就是理想的生活。

（要是這種生活，能一直持續下去就好了……）

札諾巴在人偶前面湧起了這樣的想法。

「嗯？」

此時，札諾巴注意到入口旁邊放著一封信。

想必是茱麗在札諾巴出門的期間代為收下的吧。

札諾巴不假思索地拿起信件，然後確認寄件人的名字。

「唔嗯……」

札諾巴臉上的表情消失了。

他順勢拆開信封，並確認裡面的內容。
是一張高級信紙。他讀了寫在上面的文章之後，低聲說了一句：
「……果然不可能持續啊。」
從他手上滑落的信封上面，描繪著西隆王國的徽章。

第十二話「下一場戰役」

聽見麻雀的鳴囀之後，我醒了過來。
「嗯……天亮了嗎？」
我使勁地伸了懶腰，讓背脊發出清脆的響聲，打了個哈欠。
「啊呼……」
我看了下旁邊，一名少女正在熟睡，她沐浴在晨曦之下的藍色秀髮正發出耀眼光芒。
她是洛琪希。也可以稱呼為神。
而在她旁邊，躺著一名藍色頭髮的嬰兒。
是神與人類的孩子珀爾修斯。
並不是，那是我女兒菈菈。

而再往旁邊，床底下有顆白色毛球正縮成一團。
是聖獸雷歐。由於從獸族那得到了正式的遷入許可，感覺牠比以前更會耍大牌了。我想八成是因為莉妮亞和普露塞娜總是對牠畢恭畢敬，才會有這種感覺吧。
不過話說回來，沒想到菈菈竟然是救世主……難怪我覺得牠特別親近菈菈。
雖然相當震撼，但在某種程度上也已經預測到了。
不過，我家的孩子是特別的啊。原本想為此得意一番，但還是別表現出來吧。
不能以優劣區別孩子。我不想看到露西悲傷的表情。
「嗯……啊，早安，魯迪……」
洛琪希醒來了。
她一邊揉著惺忪的睡眼，同時挺起身子。為了給菈菈母奶而隆起的胸部在光天化日之下裸露在外。
不行，要是用帶有邪念的眼神凝視，會讓眼睛潰爛的。啊啊可是，我這罪惡的雙眼就像被吸過去似的轉了過去。啊啊，神啊。請救救我。
「奇怪？為什麼菈菈會……？是魯迪把她抱來的嗎？」
洛琪希以迷茫的眼神俯視睡在自己身旁的女兒。
她儘管不解地歪著頭，依舊用手輕輕撫摸菈菈的頭。
「是妳昨天自己抱過來的，不記得了嗎？」

「……有嗎？」

我們倆昨晚在熱情燃燒了一輪後便就寢，但睡到一半時，菈菈很少見地在夜裡哭了出來。

於是洛琪希擺著一張愛睏臉，懶洋洋地站起身子，把菈菈抱進了寢室，然後換了尿布，餵母奶，哄她入睡之後，自己也跟著睡著了。

那個時候，雷歐也理所當然地跟了進來……不記得的話也沒關係啦。

「……呼啊。」

洛琪希打了個哈欠，看起來依舊很想睡。

「我去做晨間訓練了。」

「這樣啊。我今天休假，所以要再跟菈菈稍微睡一會兒。」

說著說著，洛琪希就慵懶地躺回床上。

「好，晚安。」

「晚安。」

我放著馬上發出鼾聲的洛琪希，然後離開了寢室。

我換好衣服後走到了走廊。

此時突然一時興起，打開了希露菲的房門。

希露菲還在睡，和露西兩個人以端正的睡相舒服地睡著。

雖然姑且也有給露西一間小孩子的房間，但她睡覺時會跟希露菲一起。

偶爾躺在寢室，親子三個人排成川字一起睡之類的好像也不錯。

可是，我的性慾實在很強，一起睡的話肯定會忍不住出手啊……

在已經懂事的小孩面前，大剌剌地進行愛的行為也實在不妥。

不管怎樣，我對眼前的幸福光景感到滿足，便關上了門。

順便也偷看一下艾莉絲的房間吧。艾莉絲很早起。應該已經起床了吧。

「嗚……嗚……」

我抱著這個想法一看，發現在床上有個人影。

她用雙手摀住耳朵，不時地微微顫抖。雖然胸部很大，但頭髮不是紅色。還有狗的耳朵以及狗的尾巴。

儘管平常都是一副愛睏的眼睛，今天卻稍稍泛著淚光。

「啊，老大……早安的說……」

是普露塞娜。她在那起事件之後，和我們一起回到了魔法都市夏利亞。

有一個人因為普露塞娜的到來而感到非常歡喜。

是艾莉絲。她看到普露塞娜之後便舔著嘴唇說：「這孩子挺可愛的嘛！」

莉妮亞看到這一幕後感到不寒而慄，然而普露塞娜卻恰恰相反。

「真不愧是我的說，一下子就讓老大的妻子中意我的說。」

她挺起豐滿的胸部，用得意的表情看著莉妮亞。

而莉妮亞看到普露塞娜這種態度，眼神馬上閃過惡作劇的光芒，開始對她阿諛奉承。

「哎呀~真了不起喵，居然能讓那位狂劍王大人如此中意，真不愧是普露塞娜喵。請務必讓我效法妳喵。」

「嗯哼，對莉妮亞來說太勉強了的說。」

普露塞娜得意忘形了。

她邊搖著尾巴邊靠近艾莉絲，被她撫摸耳後或是誇獎尾巴。

儘管這樣的肢體接觸稍稍有些過度，但可能是因為她是犬科，只是不以為意地搖了搖尾巴，斜著眼低喃：「我真是罪孽深重的女人的說。連老大的女人都被我的魅力征服了的說。」

我露出苦笑。平常的話會覺得很不爽，但是預見將來的發展，自然也只能苦笑了。

艾莉絲看到普露塞娜的態度，想必是認為可以對她下手，便提議說：

「妳一個人睡應該會很寂寞，我偶爾陪妳一起睡吧！」

普露塞娜聽到這個邀請後心想「這樣一來以下克上也只是時間的問題的說」，答應了艾莉絲。

沒有注意到在旁竊笑的莉妮亞，約定要定期陪艾莉絲共度一晚。

結果普露塞娜每到半夜就被足以造成骨折的力道緊緊抱住，變成這副德性。

「嗚嗚……胸部……胸部好痛的說……」

我對苦不堪言的普露塞娜施加治癒魔術。

胸部一如往常傲人，但現在的我是昨晚與洛琪希共度春宵的賢者，沒有問題。

「得救了的說……」

收下普露塞娜的道謝，接著我前往一樓，就這樣移動到玄關，拿起了擺放在入口附近的木刀。

一到外面，便看到艾莉絲以雙腳站開的姿勢站在玄關門口。

說得具體點，她雙臂環胸，張開雙腳，挺著大大的肚子，就像個門衛般地站在玄關門口。

「艾莉絲，早安。」

「早安，魯迪烏斯。」

今天的艾莉絲心情很好。

光看表情就一清二楚。顯然是因為普露塞娜抱起來相當舒服吧。

莉妮亞和普露塞娜。

她們兩人現在住在傭兵團據點附近的住家。

雖說和克里夫住的是同類型的公寓，但她們倆就像是事先說好的一樣分租房間，可以看得出感情果然很好。她們會在黃昏的時候以輪班的方式探望雷歐，然後帶牠一起去散步。雖說這樣一來照顧聖獸的任務可說名存實亡，但要是常駐在家，又和家族產生摩擦的話那就本末倒置了，所以這樣就好。

艾莉絲會把那兩個人輪流叫來寢室當作抱枕。

莉妮亞雖然千方百計想逃，但無法逃過艾莉絲的手掌心。至少在還背負著債務的時候是如此。

看到她們兩人像是在求救似的消失在艾莉絲的寢室裡，老實說有些嫉妒。

我偶爾也想要被叫到寢室啊。畢竟再怎麼說我也是艾莉絲後宮的一員，想受到她的寵愛。等懷孕結束後，不知道她會不會願意再抱我呢？

奇怪？怎麼好像反過來了？

真奇怪，我明明應該是家裡的棟梁啊……算了沒差。

「話說回來，妳在做什麼？」

「我在想小孩子的名字。果然還是該取勇猛的名字才好。」

那是一大清早就跑到外頭該做的事嗎？

我還以為妳轉行當門衛了。

「勇猛的名字啊……如果是男孩子的話用這種方式命名或許不錯。」

「像亞爾斯啦，阿爾德巴朗啦，卡爾曼啦……」

「那些會不會太勇猛了？」

全都是過去的英雄的名字耶。

雖說取什麼樣的名字都好，但要是取太老氣的名字，會不會被人欺負啊？

「魯迪烏斯有在想嗎？」

「我在想女孩子的名字。像是亞麗絲啊，芙蘭之類……我覺得取美麗的名字比較好。」

「要替男生取女孩子的名字嗎？」

艾莉絲認真地歪了歪頭。

「如果生下來的是女孩子，取男生的名字也對她太可憐了吧。」

「絕對是男孩子啦！」

艾莉絲傲氣地把頭別向旁邊。

那麼，起碼還是先想個是男孩還是女孩都沒問題的名字吧。像是真樹，或是薰之類……不對，那不是這邊的名字。算了，這個就邊跑邊想好了。

「那麼，我去跑步了。」

「路上小心。」

艾莉絲最近也開始不做揮劍練習了。

現在是懷胎六個月吧。是因為有了身為孕婦的自覺呢，或者只是單純的本能？

雖然她完全沒有當個母親的感覺，但就算如此艾莉絲也要生下孩子吧。

我一邊想著這種事情，同時開始進行早晨的練習。

到了吃早餐的時間，全家人都聚在一起。

負責幫大家服務的莉莉雅與愛夏。

愣愣地坐在椅子上的塞妮絲。

坐在她旁邊的，是難得和我回家的日子一致的諾倫。

然後坐在旁邊的，是坐在椅子上不停擺動雙腳的小不點露西。

再來是要露西把腳併攏坐好的希露菲。

在桌子的另一邊，是依舊一臉想睡，在餵菈菈母奶的洛琪希。

還有擺出和母親一樣的愛睏臉喝著母奶的菈菈。

一如往常以凜然的表情坐著，讓普露塞娜的頭靠在大腿上，撫摸著她的艾莉絲。

有氣無力地任憑她擺布的普露塞娜，但是當料理上桌就馬上搖著尾巴挺身坐好。真是現實啊。

我坐在艾莉絲的旁邊。因為是桌子的角落，可以說是主位。雖說這個家沒有主位的概念。

不過，桌子雖然很大，但人一多也開始變得狹窄起來了。

房間的數量也不夠。

畢竟菈菈很快就會長大。

不，到那個時候，諾倫也有可能會離開家裡吧？

她從學校畢業之後打算做什麼呢？

愛夏就算成年以後似乎也會繼續住在家裡。

「諾倫。」

「是，怎麼了嗎，哥哥？」
「妳要是從學校畢業了，之後有什麼打算？」
我這樣詢問後，她的表情整個愣住，接著對我說道：
「呃，我還沒有想過。」
「這樣啊。」
也對，畢竟她才五年級，又是學生會會長，也還沒成年。應該還沒想到那個階段吧。
「那個，哥哥。」
「什麼事？」
「如果……我只是舉個例子。」
「嗯？」
「要是我說想成為冒險者，你會反對嗎？」
冒險者啊……
諾倫要當冒險者。畢竟她的劍術還算一般，這五年來魔術的本領也進步不少。
想必她能當個稱職的冒險者吧。她也從保羅那聽說了冒險者的故事，可能是因此而感到憧憬。
但我會擔心。
畢竟是諾倫，她說不定會在某個地方冒失犯錯而輕易死去。還有，要是看到這麼可愛的冒險者，到時候想必男人會蜂擁而至……或許是因為最近經常看到冒險者陷入危機，腦海盡是浮現出不好的畫面。

「我是不會反對，但是會擔心……妳想成為冒險者嗎？」

「不，我沒有那個打算。只是現在臨時想到而已。」

諾倫搖了搖頭。

她其實想當冒險者吧。如果從魔法大學畢業，應該能找到比冒險者收入更好，更穩定的工作才對……

不對，或許她在追求的不是金錢，而是其它東西。

可以的話，我想尊重她的意願。

「吃飽了。那我去學校了。」

「好，慢走。」

諾倫吃完後提起行囊，快速地從位子上起身。

就算洛琪希今天休假，諾倫好像還是得做學生會的工作。真辛苦啊。

打完招呼之後，諾倫在家人的目送下前往學校。

「我應該是反對吧～畢竟我不認為諾倫姊能當上冒險者。」

諾倫出發之後，愛夏喃喃說了一句。

「我認為讓諾倫做自己喜歡的事就好了喔。畢竟重要的是她知道自己想要做什麼。」

「我反對。諾倫小姐是保羅老爺和塞妮絲夫人重要的女兒。應該要和地位相稱的人結婚，過著安全的生活才是。」

「我贊成喔。雖然諾倫的劍術還有得學，但是當冒險者很有趣。」

諾倫離開之後，家人之間開始七嘴八舌地討論。

當然，這個家族會議並不會決定任何事情。只是普通的閒聊罷了。

「不過，冒險者什麼的不管在哪都能當，如果她真的想這麼做，我想就算遭到家人反對，她也會一聲不吭地離家出走擅自當上冒險者喔。」

最後，由於洛琪希這句莫名沉重的發言，結束了這天的早餐。

★ ★ ★

我離開家之後，首先送愛夏和普露塞娜到傭兵團的事務所。

普露塞娜目前擔任副所長的地位。工作是輔佐莉妮亞，就是像祕書那種感覺，但職稱是副所長，在所長室穿著黑衣戴著墨鏡。

雖然沒有抽著香菸，但看起來很樂在其中。下次乾脆買個幹部用的帽子來好了。

「好啦，妳們要加油啊。」

「Yes sir，老大！」

「今天也會大賺特賺的說！」

「可別做太超過的事情喔。」

我這樣囑咐之後，從愛夏那邊拿了組員……不對，是團員的名單。

名單上約有五十個人。其中特別擅長處理事務工作的人旁邊標註著記號。

我打算把這份名單給奧爾斯帝德過目，從裡面挑出是人神使徒的可能性較低的人。

再來就是個別面試，讓看起來比較認真的傢伙幫忙管理事務所或是整理紙本資料。

「是說哥哥，像這種工作，交給我來做不就好了嗎……」

愛夏是這麼說的，但我有不能這麼做的理由。

交給愛夏的話的確會拿出驚人的成果。但是，如果，萬一，她看到了奧爾斯帝德的話。或者說，詛咒因為某種不明的理由發動的話，愛夏就有和奧爾斯帝德敵對的可能性。

要是愛夏全力反對我成為奧爾斯帝德的部下，感覺到時候行動起來會變得非常綁手綁腳。

她雖然每天都活得悠哉悠哉，可是一旦展開行動就會以驚人速度拿出成果。搞不好當我意識到愛夏在暗地裡搞鬼時，奧爾斯帝德已經沉到海底了。呃，關於這點應該是我想太多。

「愛夏就幫我管理傭兵團吧。」

總之先這樣說吧。

我離開傭兵團事務所，前去會見奧爾斯帝德。

我向他報告了這一個月以來的活動內容。讓莉妮亞和普露塞娜站上傭兵團的領導位置，把愛夏放在輔佐的位置。他對這個決定並沒有特別反對。

「這是以往從來沒發生過的事，試著繼續做下去。」

從他的回應聽來，他反而對我的行動感到很有意思。

他不僅允許我安排職員待在這間事務所，看了看名單之後，也說：「從這兩個人之中挑一個吧。」幫我挑好了人選。

說不定我現在備受期待。

「話說回來，莉妮亞和普露塞娜就這樣定下來好嗎？應該不會對歷史產生什麼變化吧？」

「以結果來說，只要其中一人當上族長，歷史就不會有太大變化。」

以結果來說，只要其中一人當上族長。

這次普露塞娜算是死裡逃生，保住了族長候補的地位。莉妮亞雖然受到眾人責難，但要是她有那個意思，也有可能代替普露塞娜成為族長。

再不然，要我認真地去推一把也行。

「在和你扯上關係的當下，絕大多數人的命運都會有不小的變化。因此我也無法說得那麼肯定。」

聽起來好刺耳。可是我只是很普通地活著而已，多多擔待啦。

「不過話又說回來，真沒想到我女兒竟然會是救世主。奧爾斯帝德大人早就知道了嗎？」

「不，一直以來都是由另外一個男人擔任聖獸的伙伴。」

畢竟菈菈好像從來沒在至今的輪迴裡出生過，這也難怪。

「不過聽了你的遭遇之後，可以知道人神曾積極地阻止你和洛琪希結為連理。因此我也曾想過她應該擁有強大的命運。」

所以我家的女兒擠下了原本的救世主得到了這個地位，是這個意思吧？

「順便請教一下，請問原本的救世主先生會有什麼樣的作為？」

「那個男人打倒了復活之後的拉普拉斯。」

「原來如此……但現在那個人沒當上救世主，這樣沒問題嗎？」

「無妨。對我而言，拉普拉斯也是勢必要殺死的對象。雖然以前曾受過聖獸和牠的伙伴幫助……但並非必要的棋子。」

奧爾斯帝德在過去的幾次輪迴與拉普拉斯交戰的時候，那個人是他強力的伙伴。

但是，如今他已經能游刃有餘地戰勝像拉普拉斯那種等級的對手，所以對他沒有用處的意思嗎？

「菈菈也背負著和拉普拉斯戰鬥的命運嗎？」

「不清楚。但毫無疑問的，她對人神來說肯定會是個巨大的阻礙。」

菈菈是將來打倒人神的重要因子。

然而那僅僅是推測。因為這次的輪迴中，有許多事連奧爾斯帝德也不清楚。

「今後，菈菈果然還是會被人神盯上嗎？」
總之，我需要擔心的是這個部分。可愛的女兒被人盯上，是令人不安的種子。
但是，奧爾斯帝德卻搖了搖頭。
「就是為此才召喚了聖獸。那頭野獸的命運很強。即使是人神也無法輕易出手。」
「……這樣啊。」
「況且無論發生什麼事，我也不會對你的家人見死不救。你就安心吧。」
既然奧爾斯帝德都說到這個份上，我暫時也別想太多了。
就在我力所能及的範圍內努力吧。
和以前一樣，準備好面對即將會到來的「下一場戰役」。
雖說菈菈那方面還殘留著些許不安。但光是覺得不安也沒辦法解決任何事。
「我明白了……」
好，切換心情吧。

我離開事務所，前往學校。
札諾巴和克里夫的研究應該有進展吧？
魔導鎧也是，如果魔力的消耗量能再減輕一點……
因為照目前的情況，除了我以外沒人可用啊……

不對，要是過度減輕魔力消耗量，變得誰都能使用的話，到頭來若被人神陣營奪走也很傷腦筋。

好啦，該先去哪邊呢？

照我的預測，克里夫應該從早上就開始和艾莉娜麗潔在努力製造第二胎。

那兩個人不知道為什麼多半都是一大清早就在辦事。早上先來個一發，一直充電到晚上，晚上再戰一輪，趁睡覺的時候充電。想必他們正過著這種規律的生活。

或許克里夫再過不久就要腎虧了。

那麼，就照以往那樣，先去札諾巴那邊露個臉吧。首先跟他討論魔導鎧的研究成果與實驗計畫。然後要告訴他傭兵團的事，再接著商量招募店員的計畫。討論完後先吃個午飯，就可以去克里夫那了。

假如克里夫又完成了新的試作品，再帶到奧爾斯帝德那去。

就按照這個流程進行吧。

於是我訂立簡單的計畫之後，走進了研究樓。

「傻了嗎！」

突如其來就傳來了一聲謾罵。雖然我不否定自己愚蠢的事實，但突然這樣講也太過分。

罵人是笨蛋的人才是笨蛋。

「你應該也很清楚吧！」

我知道。雖然開了個玩笑，但我很清楚這番話並不是衝著我說的。

我試著尋找聲音的源頭後，很快就找到了。在樓梯的轉角處，有五名男女正在爭執。

所有人我都認識。

「這根本就是叫你去送死啊！」

從剛剛開始就在大吼的人是克里夫。克里夫一邊揪住札諾巴的衣領，同時以駭人氣勢朝著他怒吼。而在他身後的艾莉娜麗潔正面露難色地抱著嬰兒。

札諾巴以冷漠的眼神俯視克里夫，身體沒有絲毫移動。

站在他後面待命的金潔看起來很怯懦，以求助的眼神望著克里夫。

而在他腳邊的茱麗，也淚眼盈眶地抬頭看著札諾巴。

吵架……但是狀況有些不對勁。出了什麼事嗎？

傷腦筋，希望別繼昨天之後又產生了奇怪的誤解才好……

「札諾巴、克里夫！」

我走上樓梯向他們搭話之後，兩個人猛然望向了這邊。

克里夫露出像是在求助的表情，相較之下，札諾巴卻是面無表情。

札諾巴第一次用這種彷彿看著蟲子般的表情對著我。不過，我記得以前好像有看過一次。

那是在哪裡來著……

「師傅，您來得正好，本王子正準備要去拜訪您。」

「魯迪烏斯，你來得正好，你也來幫忙說服札諾巴！」

兩個人同時開口。

札諾巴露出不悅的表情，有些粗魯地推開克里夫。儘管看起來並沒有使出多大力氣，但神子的怪力讓克里夫踩空了步伐，一屁股跌到地上。

札諾巴見狀，表情有一瞬間流露出愧疚的神色，但是他沒有道歉，而是往我這邊走了過來。

札諾巴的眼睛從比我稍稍高了一些的位置，投以像是要把人射穿般的視線。

「……發生什麼事了？」

「本王子想拜託您照顧茱麗。雖說是用本王子的錢買下的，但原本就是師傅的奴隸。」

札諾巴以平淡語氣說道。

至於茱麗，她現在已經快哭出來了……不，已經哭了。剛才那句話讓她開始淚流不止。

開始流淚之後，茱麗就低下頭緊緊抓住衣襬。

眼淚滴滴答答地不停落在地上。肩膀不停打顫，還聽得見她啜泣的聲音。

「您說過……會聽我的願望……」就連這句話，也小聲地只能依稀聽到。

看了真讓人於心不忍。札諾巴，要是你又莫名其妙誤會了什麼，我可不會原諒你喔。不會再做人偶給你了喔。

「你丟下茱麗打算去哪？」

「回本國。因為本王子收到了歸還的敕命。」

敕命……換句話說，是國王的指示？

可是，既然這樣，為什麼克里夫會那麼反對？看起來也不像是因為只剩半年，希望他等到畢業典禮再回去的意思。

「因為本王子的弟弟帕庫斯發動政變，成功謀反。他似乎殺害了父王與王兄，奪走了王位。」

「…………啥？」

帕庫斯……就是那個抓住莉莉雅的第七王子？不對，是第六來著？

政變、謀反……奪走王位？意思是他當上了國王？

「由於本國因內亂而疲弊，此時很有可能遭到他國侵攻，因此他要本王子回國鞏固防衛。

所以，本王子去去就回。」

札諾巴用像是去一趟便利商店的輕浮語氣這樣說道。

但是聽到這句話，我也不由得領悟到了。

看來「下一場戰役」，比我想像中更早到來了。

©Northcarolina 2018 / KADOKAWA CORPORATION

毀滅魔導王與魔像蠻妃 1 待續

Kadokawa Fantastic Novels

作者：北下路来名　插畫：芝

「魔導王」與「魔像蠻妃」踏上旅途，
改變世界理應毀滅的命運！

回過神來，「我」發現自己來到了異世界，身上只穿著一件超土的睡衣。我似乎是以毀滅世界的「魔導王」身分被召喚過來的，但自己的能力值卻全部點到了土屬性上——而從我的能力中誕生的「最強武器」，不只是戰鬥能力高強，就連醋勁也深不可測？

NT$270/HK$90

©Takaaki Kaima 2017 / KADOKAWA CORPORATION

在大國開外掛，輕鬆征服異世界！ 1~3 待續

Kadokawa Fantastic Novels

作者：櫂末高彰　插畫：三上ミカ

常信娶回「七勇神姬」當老婆，
接著卻得面臨女神的逼婚與大神的刁難……!?

慈愛女神——克歐蕾突然出現，逼迫常信和她結婚。此外，大陸的大神——澤巴為了見證常信與克歐蕾的婚姻，提出了考驗（無理的難題），但是……？帝國的數量戰術也能超越神！以人海戰術擊潰所有問題，爽快又痛快的奇幻故事開幕！

各 **NT$220/HK$68~73**

國家圖書館出版品預行編目資料

無職轉生 ：到了異世界就拿出真本事 / 理不尽な孫の手作；陳柏伸譯. -- 初版. -- 臺北市：臺灣角川, 2020.06
冊； 公分. -- (Kadokawa fantastic novels)
譯自：無職転生：異世界行ったら本気だす . 18
ISBN 978-957-743-809-6(第18冊：平裝)

861.57 109005086

Kadokawa
Fantastic
Novels

無職轉生～到了異世界就拿出真本事～ 18

（原著名：無職転生～異世界行ったら本気だす～ 18）

2020年6月17日　初版第1刷發行
2023年10月2日　初版第7刷發行

作　者：理不尽な孫の手
插　畫：シロタカ
譯　者：陳柏伸

發行人：岩崎剛人
總編輯：蔡佩芬
副總編輯：朱哲成
設計指導：陳晞叡
印　務：李明修（主任）、張加恩（主任）、張凱棋

發行所：台灣角川股份有限公司
地　址：104台北市中山區松江路223號3樓
電　話：（02）2515-3000
傳　真：（02）2515-0033
網　址：www.kadokawa.com.tw
劃撥帳戶：台灣角川股份有限公司
劃撥帳號：19487412
法律顧問：有澤法律事務所
製　版：巨茂科技印刷有限公司
ISBN：978-957-743-809-6

※版權所有，未經許可，不許轉載。
※本書如有破損、裝訂錯誤，請持購買憑證回原購買處或連同憑證寄回出版社更換。

MUSHOKU TENSEI ～ISEKAI ITTARA HONKI DASU～ Vol.18
©Rifujin na Magonote 2018
First published in Japan in 2018 by KADOKAWA CORPORATION, Tokyo.
Complex Chinese translation rights arranged with KADOKAWA CORPORATION, Tokyo.